詩

深淺讀詩經

經

古今彈同調，詩經裡的情歌

施逢雨　著

目錄

序言

　　《詩經》是中國最早的一部詩歌集子，全書共分《風》、《雅》、《頌》三大部分。其中，從文學的角度看，《風》，或稱《國風》，乃是最出色動人的部分。本書所選詩作都是由《國風》中的傑出作品挑選出來的。

　　由於《國風》中的傑出作品以愛情詩佔大宗，所以選出的作品就以愛情詩佔多數。如果我們把〈東山〉也算是愛情詩的話，本書共選了愛情詩十八首，約佔全書八成。但是，就像在現實生活裡戀愛中的男女也無法完全摒除其他雜事一樣，本書也不能摒除所有非愛情詩。因此，本書選了三首寫反剝削的詩，一首寫行役的詩，一首寫先民四季生活的詩，和一首寫受霸凌的詩。這些詩也是《國風》中的重要作品，且其主題即使在現代社會中也仍與一般人的生活息息相關，可以當做生活中不可避免的一些重要插曲。整體來說，本書可算是先民生活以愛情為中心的寫照。

　　最早以講授《詩經》出名的有齊、魯、韓、毛四

家。後來只有《毛詩》流傳下來。《毛詩》既是最早講解《詩經》的著作之一，其說法本應具有相當的權威性。可惜的是：《毛詩》因為把《國風》中各詩的詩旨往往附會到其政治主張上去，因此講這些詩——尤其是其中的愛情詩——的主旨時往往穿鑿附會。有時為了遷就其對主旨的穿鑿主張，更進一步歪曲詩中字、句的意思。這使得我們在應用這部書時不得不做很多廓清的工作。在做完這些廓清的工作後，我們發現《毛詩》由於比較接近《詩經》創作的時代，所以其字、句解釋仍有很多有根據、有道理的部分。《毛詩》的鄭玄《箋》也是一樣。所以在註解詮釋上，我們就爬梳了自《毛詩》、《鄭箋》以下，直到宋人、清人、現代人的注釋和考證，從中擇優來形成我們的見解。我們先仔細涵泳詩作，形成對詩意的某種理解，然後再揀擇前人注解來支持我們的看法，再反過去看是否果能符合詩意。如此反覆推求，直到能完滿解釋全詩為止。

為了不使各詩流為冷冰冰、硬梆梆的文字，我們在每首詩後都會附一篇文章，指出這些古詩與現代生活的聯繫。有時也會藉着提問的方式，幫助讀者跨越古今之間的隔閡。

但是由於《國風》中這些詩實在太漂亮、太迷人了，我們不希望讀者好像只讀到一篇篇現代文譯述那樣而已。我們熱切地期盼讀者在讀完一篇篇聯繫古詩與現代生活的文章之餘，能夠借助書中的詳明注釋，切實讀通原詩，感受愛情詩風格繽紛、極少重複的絢麗。如果能再進一步加以熟讀、朗誦，甚至反覆吟詠，相信大家所獲得的樂趣和成就感必定是無與倫比的。試想，輕輕鬆鬆就能夠貫通古今，打破時間年代的障礙，直接讀出兩三千年前的詩篇中所蘊藏的一種亙古美感，將是何等美妙的經驗啊！

　　此外，我還有兩點要向讀者做個說明。一是本書中的絕大部分愛情詩，是依照生活中男女交往情境的發展順序編排的，與傳統依國名順序編排的方式不同。二是全書最後的四首詩，由於較長較難，我把它們歸類為「挑戰篇」。讀者可以拿這四首詩來評量一下自己閱讀《詩經》的能力，看看是否已完全成熟。如果初讀時覺得有困難，也不要氣餒。多試幾次，自然可以克服的。這四首詩是《詩經》精華中的精華，值得你再三去琢磨、欣賞。

　　最後，感謝楊景惠女士幫助修改、潤飾全書文字。

感謝洪若蘭女士提供相關資料並潤飾部分文字。感謝蔡柏盈女士閱讀全書並提出一些修改意見。感謝內人呂秀玲女士初步編輯全書並幫助輸入歷次修正結果。

窈窕淑女
鐘鼓樂之

這只是他在夜裡飽受相思煎熬
難以成眠之下的想像？

關雎（周南）

關關雎鳩，在河之洲。
　　窈窕淑女，君子好逑。
參差荇菜，左右流之。
　　窈窕淑女，寤寐求之。
求之不得，寤寐思服。
　　悠哉悠哉，輾轉反側。
參差荇菜，左右采之。
　　窈窕淑女，琴瑟友之。
參差荇菜，左右芼之。
　　窈窕淑女，鐘鼓樂之。

〈關雎〉是《詩經》第一首詩。這是寫一個男子陷入愛情的情歌，究竟詩裡寫的是什麼樣的心情呢？黃河中的沙洲上，雎鳩鳥關關鳴叫。在這個水邊，男子遇見了他喜愛的女子，她看起來是那麼地漂亮，那麼地美好善良，是誰都想要的終身伴侶。看着河水中長長短短的荇菜，由她的手左左右右地在水流中撥動、採摘、挑揀，男子將她工作中的美好身影深深印在心上，朝思暮想，無法忘記，甚至在夜裡也因為思念而翻來覆去地睡不著覺。這麼美好的女子，多希望能成為自己的伴侶。他想要用琴瑟去親近她，想要用鐘鼓讓她快樂！

　　用琴瑟去親近她，用鐘鼓讓她快樂。這樣美好的、洋溢著幸福樂音的場景，究竟是男子一步步實現的事呢？還是只是他在夜裡飽受相思煎熬難以成眠之下的想像呢？

　　在雎鳩鳥關關鳴叫著的河岸邊，男子和那位採摘荇菜的女子說話了嗎？他向她表達了心意嗎？那位女子終於成了他的終身伴侶嗎？會不會他連她是誰都不知道，也不知道去哪兒找她？這首詩寫的會不會只是一個男子的單相思和幻想呢？

這女子採荇菜的景象是不是使她更加顯得迷人呢？不管男女，勤奮工作的形象都是挺吸引人的。不論是戴著斗笠在田間抓菜蟲，穿著工作服、戴著手套在摩托車店專心修車，或是穿著套裝在辦公室開會，認真工作的女子都有一種神采魅力，令人心生嚮往。不管如何，詩中男子看了女子採荇菜的倩影後，就無時無刻不思念她，思念到臥不安席的程度。這樣地喜歡、思念，如果沒有鍥而不捨地追求，沒有清楚地向對方表白自己的心意，是不是太可惜了？你會不會希望詩中的男子認真地追求，終於在琴瑟、鐘鼓的樂音中和心愛的女子一起過著幸福快樂的婚姻生活？

這首詩雖然距離現在已有數千年之久，但是詩中男子遇見理想對象的心情和取悅女子的方式，與今人其實沒有太大的差別。男子遇見理想對象的喜悅和甜蜜，追求不得徹夜難眠的苦澀煩憂，可能是現今許多人也都有過的戀愛經驗。現在的人或許不會藉琴瑟、鐘鼓去親近心儀的女生；但是，如果她喜歡聽歌的話，你難道不會想藉著贈送她演唱會的票去親近她、取悅她嗎？如果你所喜歡的人並不喜歡音樂，而喜歡購物，你就會想邀她一齊去逛街，不是嗎？所以，不管是古人、今人，人同此心、心同此理的地方很多。

戀愛如此，許多其他事情也如此。

注釋：

(1)　「關關」：擬聲詞，原本應該只是模擬雎鳩鳴叫的聲音。不過男子因為陷入愛情中，所以也有可能不自覺地認為那是雎鳩互相應和的聲音。

(2)　「雎鳩」：（音 jū jiū 居糾），鳥名。（善於捕魚；或說就是魚鷹。）

(3)　「河」：黃河。

(4)　「洲」：水中陸地。

(5)　「窈窕」：（音 yǎo tiǎo 咬挑），美好，漂亮。

(6)　「淑」：善。

(7)　「君子」：對男子的美稱。或說「君子」在《詩經》中多指貴族男子。

(8)　「逑」：（音 qiú 球），配偶。「好逑」，理想的結婚對象。

(9)　「參差」（音 cēn cī）：長短不齊的樣子。

(10)　「荇」（音 xìng 杏）：一種多年生水草，可食用，故稱荇菜。

(11)　「流」：流動。「流之」指順著水的流動採摘荇菜。

(12)　「寤寐求之」：由於《毛傳》把「寤」解釋為

「覺」（醒著；這是「寤」字最常見的定義），很多學者都將此句解釋為「醒著睡著都追求她」（如周錫䪓）。但另有一些學者認為，古籍中「寤」字也常解釋為「夢」，因此便將「寤寐」解為「夢寐」。（見馬瑞辰、屈萬里。）如此一來，「寤寐求之」就如同現代說的夢寐以求，應解釋為「連睡夢中都在追求她」。由於詩句的上下文無法讓我們判斷哪個說法比較可信，我們決定兩說並存。不過，不論採取哪一種解釋，詩中突顯的都是連睡夢中都在想著她。

(13)　「寤寐思服」：「思」，句中語助詞（王引之《經傳釋詞》說）。服，思念。

(14)　「悠哉悠哉」：悠，思念（《毛傳》）。整句是在形容思念深長的樣子。

(15)　「輾轉反側」：形容心中有事，翻來覆去不能入睡。

(16)　「琴瑟友之」：「友之」，親近她。

(17)　「芼」：（音 mào 茂），揀擇的意思。

(18)　「鐘鼓樂之」：鐘、鼓都是古代樂器。「樂之」：讓她快樂。

愛而不見
搔首踟躕

說好在城角偏僻處等我，
但是我到了城角，
她卻躲著沒出現。

靜女（邶風）

靜女其姝，俟我於城隅。

　　愛而不見，搔首踟躕。

靜女其孌，貽我彤管。

　　彤管有煒，說懌女美。

自牧歸荑，洵美且異。

　　匪女之為美，美人之貽。

你和女朋友約會，說好在故宮博物院前的小公園裡碰頭。你興沖沖地連換幾路公車趕到目的地，女朋友卻沒有出現。你在公園裡踱來踱去，頻頻看錶，又抓耳朵、又搓鼻子。好久之後女朋友才突然從公園後的樹叢裡現身，還伸手遞出給你的禮物——她家院子裡種的一枝含苞待放的桃花！你是高興呢？生氣呢？還是啼笑皆非？

　　〈靜女〉一詩寫的情境與此十分相像，只是結局卻大有不同。下面我們就來看看這首詩的意思：

　　有個好女孩，長得真漂亮。她說好在城角偏僻處等我，但是我到了城角，她卻躲著沒出現。我急得抓頭撓腮，踱來踱去。

　　有個好女孩，長得真美麗。她送我一枝紅色的嫩草管。這根草管鮮明有光，我看了非常喜歡，喜歡它的美好。

　　好女孩從牧地帶回一根茅草的嫩芽送給我，實在漂亮又新奇。啊！說實話，並非你真的有多漂亮，而是因為你是漂亮的人兒所送的啊！

這就是所謂的愛屋及烏了：喜歡一個女孩，連她送的茅草嫩芽都珍惜。為什麼會送茅草嫩芽呢？是怎樣的一個女孩在送這種東西呢？收到一根茅草嫩芽的男子心情如何呢？他又是什麼樣的一個男子呢？要解答這些問題，請耐心讀讀下面的注釋。

注釋：

(1) 「靜女」：好女孩。「靜」傳統上都依循《毛傳》解釋為貞靜或文靜。但是我們細味全詩，發現女主角是個天真、活潑，甚至有點愛開玩笑的女孩，用「貞靜」來形容她並不恰當。因此改採「靜」字的其他古義，把「靜女」解為「好女孩」。按：《藝文類聚》卷八七引《韓詩》說：「『東門之栗，有靜家室』，靜，善也。言東門之栗樹之下，有善人，可以為室家也。」（詩句出自〈鄭風・東門之墠〉，《毛詩》作「東門之栗，有踐家室」。）又，屈萬里說：「古靜、嘉義通。」「嘉」，善也，美也。

(2) 「姝」：（音 shū 書），美好，容貌美麗。

(3) 「俟我於城隅」：「俟」（音 sì 四），等待。「城隅」：城角。城角是偏僻之處，所以是適於男女約會的地方。

(4) 「愛而不見」：女孩子故意躲起來不出現。
「愛」是「薆」的假借字；「薆而」即「薆然」，
隱蔽的樣子。「見」（音 xiàn 現）是「現」的
古字，顯現、出現的意思。這句話是我們了解
這女孩個性的線索之一。

(5) 「搔首踟躕」：「踟躕」（音 chí chú 池除），
徘徊，也就是踱來踱去。這句話是說男主角因
為見不到女孩子，著急、甚至躁急得抓頭踱步。

(6) 「孌」：（音 luán 鑾），美好。

(7) 「貽我彤管」：「貽」（音 yí 宜），贈送。「彤
管」：「彤」（音 tóng 同），紅色。「彤管」，
歷來眾說紛紜（參看後面的附論三），較可能
與下段的「荑」同指一物，是茅草的紅色嫩芽。
至於女孩子會送「荑」給她男友，可能顯示她
仍在天真爛漫的年齡，覺得荑很可愛、很珍貴。
（與〈野有死麕〉那個送大禮物引逗女友的俊
男正好成對比，你說是不是？）也可能顯示她
與男友很親密，隨時隨地看到奇異可愛的東西
就想拿回去送給他。

(8) 「有煒」：「煒」（音 wěi 偉）；有煒即煒然，
鮮明有光澤。

(9) 「說懌女美」：喜歡你（指彤管）的漂亮。「說」

（音 yuè 悅），通悅；「懌」（音 yì 意），也是喜悅、喜歡的意思。「女」，通汝，指彤管。

(10) 「自牧歸荑」：「牧」，郊外牧地。「歸」（音 kuì 愧），通饋，贈送。「荑」（音 tí 提），茅草的嫩芽。．

(11) 「洵美且異」：「洵」（音 xún 詢），誠然，實在。「異」，新奇，出色。

(12) 「匪女之為美」：「匪」，同非。「女」，同汝。「之」，用在詩句中，使詩句和諧勻稱，無義。

(13) 「美人之貽」：「美人」，指女主角。女孩的男友也真是體貼。他「搔首踟躕」了半天，換得的竟是女友送他一根茅草的嫩芽。雖然他也覺得那嫩芽沒什麼，但既然是女友送的，他就欣然加以賞愛。他沒有生氣，沒有啼笑皆非。這僅僅是因為有愛情的魔力在嗎？我們覺得未必如此。還因為這男孩大氣、體貼。他配得上他女友。

附論：
一、比較一下〈靜女〉與〈野有死麕〉中的愛情。

二、你覺得〈靜女〉中男女主角所顯露的真情只有在戀愛中的男女才找得到嗎？為什麼？

三、「彤管」有多種說法：或說是赤色筆管的筆；或說是紅色的樂管；或說是鍼管（屈萬里）；或說鍼筆樂器都有管，不知此「彤管」是何物（歐陽修）。最後近人余冠英引了一個不詳何人的說法：「彤管是紅色管狀的初生之草。郭璞〈遊仙詩〉：『陵岡掇丹荑』，丹荑就是彤管。依此說，此章的彤管和下章的荑同指一物。」

按：《毛傳》在解釋「靜女其孌，貽我彤管」二句時說：「靜女」「既有靜德，又有美色，又能遺我（君及夫人）以古人之法，可以配人君也⋯⋯」。什麼「古人之法」呢？即所謂「女史彤管之法」，將后妃、群妾進御人君之詳情，「事無大小」，一一按實「記以成法」。《鄭箋》補充說：「彤管，筆赤管也。」這是第一種說法的來源。其可信度歷來學者多加質疑，因《毛傳》所述實在荒誕不經。但直到現在還有人雖然不信《毛傳》，卻相信《鄭箋》，仍執紅筆之說。

另高亨說：《詩經》裡的「管」字，都是指樂器的管。他舉了三個實例為證。只是三例都出自《周頌》

或《商頌》，無一出自《國風》。「頌」是祭祀或其他大典禮時唱的樂歌，用到、提到樂管是自然的事。據此就認定〈靜女〉裡這個「管」字也是樂管，就有商酌餘地。

實際上，《毛傳》所記事情雖不可信，卻提醒了我們一點，即在《詩經》的時代，筆可能是官員或至少貴族階級才會擁有與使用的東西。高亨講的有「管」的樂器也許也一樣。以女主角牧民的身分，擁有這些貴重東西的可能性似乎不大。

再者，《國風》中的詩，一首詩兩、三章雖然換字、換韻、改寫，但實際上仍在歌詠同一事情的情況，乃是常態。由此，〈靜女〉中第二章的「貽我彤管」與第三章的「自牧歸荑」極可能是指同一件事情。所以女主角從放牧之地帶回來的東西，說是草芽（「荑」）要比說成筆或鍼管、樂管順當得多。

依《毛傳》，「荑」是「茅之始生也。」另郭璞〈遊仙詩〉的「陵岡掇丹荑」，《文選》李善注說是「凡草之初生，通名曰荑。」我們覺得把〈靜女〉的「貽我彤管」解釋為「自牧歸（饋送）荑」，而「荑」是紅色的初生的草，似乎是比較符合此詩上下文和〈靜女〉牧民身分的說法。

誠然，文學作品往往可以有多於一種的詮釋，但

這並不意味在某一問題眾說紛紜的時候，讀者可以隨心所欲地說：我認為這個說法較對，或我認為那個說法較對。因為在眾多說法中多半有一個說法是較好的，而讀者應該設法去找出那個較好的說法。這才是讀書的樂趣所在。

邂逅相遇
適我願兮

因為是不期而遇，所以……

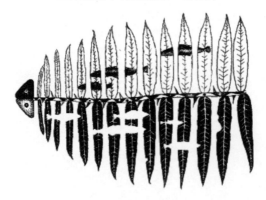

野有蔓草（鄭風）

野有蔓草，零露漙兮。
　有美一人，清揚婉兮。
邂逅相遇，適我願兮。

　野有蔓草，零露瀼瀼。
有美一人，婉如清揚。
　邂逅相遇，與子偕臧。

這首詩寫的是什麼呢？

大清早，一個男子來到野地裡，野地上各種雜草滋長蔓延，草上滿是晶瑩剔透的露珠兒。突然間，他發現那邊有個美貌的姑娘，眉眼之間好漂亮、好迷人。和這麼一個姑娘不期而遇，他忍不住說：「真合我心意呀！」

詩的第二段和上段意思差不多。但是，到了結尾，這個男生大膽地建議說：「能不能讓我與妳一齊躲到旁邊去呢？」

躲起來做什麼呢？這個男子會不會太大膽了？那位女子會接受嗎？

整首詩裡最重要、最關鍵的一句話是「邂逅相遇」。因為是不期而遇，所以那姑娘的美麗，還有自己與那姑娘的相遇，都更顯得不可思議，更令男子欣喜欲狂。「邂逅」可解釋為與素不相識的人不期而遇，也可解釋為與熟人不期而遇。你認為詩中的男子與女子是初次見面，還是早已相識，甚至是情人？兩個人是否相識，會不會影響你對詩中所寫情境的理解和感

受呢？

　　換做是你，在這樣一個美好的清晨，在郊外遇見這樣一個美好的、合心合意的人，你會怎麼做呢？

註釋：
(1)　「蔓」：滋生，蔓延。
(2)　「零」：「零」：落。古代中國人認為露水是從天上降落下來，所以說「零露」。
(3)　「漙」：（音 tuán 團），露水多的樣子。
(4)　「清揚」：眉眼美好。或說形容眼睛美麗，明亮張大的樣子。《毛傳》：「清揚，眉目之間婉然美也。」另馬瑞辰指出：「清、揚皆指目之美。」（參見附論一。）
(5)　「婉」：美好。
(6)　「邂逅」：不期而遇。
(7)　「適」：合。
(8)　「瀼瀼」：（音 ráng ráng 攘攘）露水濃盛的樣子。
(9)　「婉如」：即婉然，美好的樣子。
(10)　「子」：指稱對方。
(11)　「偕」：一齊。
(12)　「臧」：「藏」。或解釋為「善」。

附論：

一、馬瑞辰指出：〈齊風・猗嗟〉篇首章說「美目揚兮」，次章說「美目清兮」，三章即合起來說「清揚婉兮」。據此，「清」、「揚」都形容眼睛的美。依屈萬里，「清」是指眼睛明亮，「揚」是指眼睛張開大大的。

二、「臧」是「藏」的本字，近人聞一多將「與子偕臧」的「臧」解釋為「藏」，意思是一齊躲到旁邊。這個說法是普遍被接受的。《毛傳》則是將「臧」解釋為「善」。朱熹《詩集傳》說：「言各得其所欲也。」意即兩個人都覺得對方好，是合乎自己心意的對象。哪一種解釋比較好呢？

無踰我牆
無折我樹桑

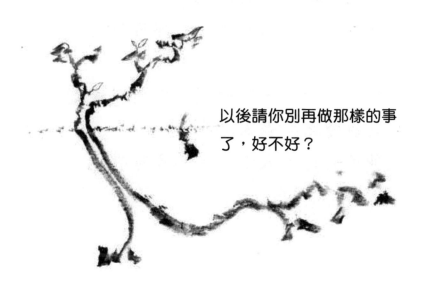

以後請你別再做那樣的事
了，好不好？

將仲子（鄭風）

將仲子兮，無踰我里，無折我樹杞。
豈敢愛之，畏我父母。
仲可懷也，父母之言，亦可畏也。

將仲子兮，無踰我牆，無折我樹桑。
豈敢愛之，畏我諸兄。
仲可懷也，諸兄之言，亦可畏也。

將仲子兮，無踰我園，無折我樹檀。
豈敢愛之，畏人之多言。
仲可懷也，人之多言，亦可畏也。

一個女孩和一個男孩談戀愛，男孩因為愛得火熱，竟越入女孩家的居處、翻越過她家的垣牆、攀爬過她家的樹木去找她約會。女孩的父母、兄長和鄰居因此對她有了責難，有了閒言閒語。女孩只好央求她的情人說：「我難道是愛惜我家的居處、垣牆和樹木嗎？我是在意父母、兄長和鄰居的話啊！愛人你當然是令我想念的，但是父母、兄長、鄰居的話也是我不得不敬畏的。所以以後請你別再做那樣的事了，好不好？」

　　孔子說：「食色性也。」不過，同一人性，每個人依其個性、教養、處境等的不同，表現出來的行為也就不同。先舉食來說：有些人一上餐桌就狼吞虎嚥，如入無人之境；有些人則輕嚼細嚥，處處篤守餐桌禮儀。有人不食嗟來食；有人跟人搶菜，搶得面紅耳赤。再舉這首詩的主題「性」來說。有人一約會就情不自禁，動作連連；有人則一見到愛人就六神無主，不知所措；又有人則感性、理性表現平衡，面對愛人進退得宜。你認為〈將仲子〉這個女主角是哪一種型態的女孩子呢？她熱情嗎？冷淡嗎？大膽嗎？畏縮嗎？何以見得？如果你是男生，對於這樣一個女朋友，你的反應會是如何？如果你是女生，對於女主角口中那位

「二哥哥」（仲子），你的反應又會是如何？

　　前面我們讀過的詩，還有後面我們將讀到的許多詩裡，述說了好多好多愛情的故事。你願不願試著去分辨、揣摩一下，那些詩中的男女主角都是些什麼型態的男孩、女孩？他（她）們的愛情又是什麼性質的愛情？

注釋：

(1)　　「將仲子」：「將」（音 qiāng 槍），發語詞，無義。「仲」，排行第二。「仲子」猶今語「二哥哥」，是女主角對愛人的暱稱。

(2)　　「無踰我里」：「無」，勿，不要。「踰」，越過。「里」，指居室（清人俞樾說，詳見附論）。在古代，一般老百姓居處建築比較鬆散，不像現在的磚房或鋼筋水泥房那樣密閉，所以可以爬越進去。

(3)　　「折」：（在攀爬時）折斷。

(4)　　「樹杞」：即杞（音 qǐ 起）樹。為押韻而倒裝，下文「樹桑」、「樹檀」與此相同。

(5)　　「愛」：愛惜、捨不得。

(6)　　「畏」：害怕。

(7)　　「可懷」：「可」，堪，值得。「懷」，思念。

(8)　　「諸兄」：眾兄長。

附論：

　　《毛傳》說：「里，居也。二十五家為里。」俞樾《群經平議》認為：「二十五家之里不可踰越」（二十五家為里的「里」就如現在所謂鄰里的「里」，是個行政區劃，所以不能像垣牆、園子那樣去踰越。）俞樾指出，「里」是「廬」，也就是居處的意思，並舉《文選‧幽通賦》「里上仁之所廬」一句曹大家（即班昭；〈幽通賦〉為班昭兄班固所作）注的「里、廬皆居處名也。」為證。那麼，同樣是居處的意思，為何有時稱「廬」，有時稱「里」呢？俞樾又舉《漢書‧食貨志》的「在野曰廬，在邑曰里」來說明，也就是說，要分辨時，在郊野的居處稱「廬」，在城邑的居處稱「里」。不分辨時，「里」就是「廬」，就是居處。所以詩中的「無踰我里」就是說不要踰越我的居處。《毛傳》先說：「里，居也」，是對的。又加上一句說「二十五家為里」，就反而錯了。

云誰之思
美孟姜矣

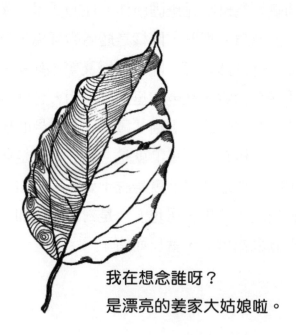

我在想念誰呀？
是漂亮的姜家大姑娘啦。

桑中（鄘風）

爰采唐矣？沬之鄉矣。
云誰之思？美孟姜矣。
期我乎桑中，要我乎上宮，
送我乎淇之上矣。

爰采麥矣？沬之北矣。
云誰之思？美孟弋矣。
期我乎桑中，要我乎上宮，
送我乎淇之上矣。

爰采葑矣？沬之東矣。
云誰之思？美孟庸矣。
期我乎桑中，要我乎上宮，
送我乎淇之上矣。

這是一首著名的情歌。你來看看古代男女心上人的約會與現代有何異同。首章男子自問自答說：

她在哪兒採菟絲子呀？是在沬邑的鄉下啦。我在想念誰呀？是漂亮的姜家大姑娘啦。她約我在桑林中見面，邀我到城角樓約會，最後送我直到淇水邊上。

第二、三章換韻重複，以造成一唱三嘆的效果。如把採菟絲子換成採麥子、採蕪菁（葑），把沬邑的鄉下換成沬邑的北邊、沬邑的東邊，而詩意並沒有不同。這是《詩經》很常見的寫法。

這首詩各段首二句與後文的關係不是很明確。在上面的介紹中，我們採取的解釋是：詩中男子想像他的心上人在沬這個地方從事農業勞動，採集各種植物的情形。而在接下去的句子裡，男子開始思念這位女子，然後想起和她約好幽會的事。

注釋：
(1)　　「爰」：於何？在哪兒？
(2)　　「采」：即採。

(3)　「唐」：蒙菜，即菟絲子。

(4)　「沬」：（音 mèi 妹），春秋時衛國城邑，
　　　在今河南淇縣境內。

(5)　「云」：句首助詞，無義。

(6)　「誰之思」：「之」如同「是」，是賓語前置
　　　的標誌。「誰之思」即「思誰？」

(7)　「美孟姜矣」：「孟」，兄弟姐妹中排行居長的。
　　　春秋時代，稱女子多在她的姓上加上「孟、仲
　　　、季」等表示排行的字樣（見高亨）。姜與下
　　　文的「弋」、「庸」都是姓。這幾個家庭應該
　　　有出名的漂亮姑娘，所以男子用來代指他的心
　　　上人。

(8)　「期」：相約。

(9)　「乎」：語助詞，介紹動作行為發生、出現的
　　　場所，可譯為「於」。或說，用在句中，舒緩
　　　語氣，可譯為「呀」。

(10)　「要」：邀請。如陶潛〈桃花源記〉「便要還家，
　　　設酒、殺雞、作食」及杜甫〈潼關吏〉「要我
　　　下馬行，為我指山隅」的「要」。另「要」也
　　　有相約的意思，只是在此若解為相約，便與上
　　　句的「期」字重複，故不取。

(11)　「上宮」：《孟子・盡心下》：「孟子之滕，

館於上宮。」趙歧注：「上宮，樓也。」近人
聞一多認為上宮大概就是宮牆的角樓，與〈靜
女〉「俟我於城隅」的「城隅」相同，並說：「宮
隅城隅之屋，非人所常居，故行旅往來或借以
止宿（按：此蓋用以解上引《孟子‧盡心》篇
語）。又以其地幽閒，而人所罕至，故亦為男
女私會之所。」（見聞一多《詩經通義》。）

(12) 「送我乎淇之上矣」：這裡的「送」字意義特
殊，請參看〈丰〉「送」字注。「淇之上」：
淇水邊上。

附論：

你對現代青年男女的約會方式有所了解嗎？如果
有，你認為他們見面比較可能約在怎樣的地方？幽會
可能選在怎樣的地方？送別會送到哪裡？整個約會過
程與本詩所寫的情形有本質上的差異嗎？本詩所寫的
古代男女情人的約會若兼從人性和禮教的角度來評
判，能否當得起孔子所謂的「無邪」二字？（孔子曾
說：「《詩》三百，一言以蔽之，曰：思無邪。」）
一般現代男女情人的約會呢？

微君之故
胡為乎中露

一個少女與她的情人一齊出遊，
兩人在外面留連忘返，
直到天黑了還沒回家。

式微（邶風）

式微，式微！胡不歸？
微君之故，胡為乎中露！

式微，式微！胡不歸？
微君之躬，胡為乎泥中！

這首詩很小巧，要單單講述內容意涵，可能五、七句話就講完了。這麼一來，讀者就很難有什麼深刻的印象。因此，我們想乾脆利用講這首詩的機會，討論一下我們「詮釋」《詩經》時的一些有趣的議題。這樣的討論，一方面對一般讀者可增加趣味，另一方面對有心想進一步研讀《詩經》的讀者可發揮一些引導入門的作用，應可說是一舉兩得，你說是不是？

很早很早的時候，可能早在漢初，現今流傳的各種《詩經》版本的祖本《毛詩故訓傳》（簡稱《毛詩》，其注釋部分稱《毛傳》）就把「中露」、「泥中」解釋為衛國城邑的名稱。後來，大概到了東漢吧，一位頗具「權威」的《詩經》學者，也就是〈詩序〉的作者衛宏，提出說〈式微〉所寫的是「黎侯寓于衛，其臣勸以歸也。」其後東漢的鄭玄又加以補充說：「黎侯為狄人所逐，棄其國而寄于衛。衛處之以二邑……」。黎是春秋時代的一個小國，國土大約在現今的山西境內。黎國的國君爵位是「侯」（周代分封諸侯，爵位有公、侯、伯、子、男五等），所以稱黎國的國君為黎侯。黎侯因為被外族狄人所驅逐，所以離棄國家而流亡寄寓於衛國。他的臣下為了勸他回國，於是寫了這首詩。這個說法到最近都還有人援用

（見屈萬里）。

　　這個說法我們能不能遽然加以證實或否定呢？嚴格來說，不能。因為都沒有直接的證據來證明。但是，首先讓我們感到疑惑的是：為什麼黎侯所在的兩個衛國城邑名字會恰好叫做「中露」（實即「露中」，說詳後文）和「泥中」，也就是「露水中」和「泥塵中」呢？這讓我們覺得，所謂「黎侯寓于衛」的整個說法是值得懷疑的。

　　近來於是有人改說：〈式微〉是寫「丈夫外出，天晚不歸，引起妻子的疑懼。她焦急地跑到路上張望，最後忍不住大聲呼喚起來。」（見周錫䪖）。這個說法的關鍵點在於把「君」字的意思從國君改為「丈夫」。「君」字的確可用來稱呼丈夫，如古詩〈孔雀東南飛〉「十七為君婦」的「君」就是妻子對丈夫的敬稱。但是「君」字古代也常用為一般對人的敬稱，等於現在所說的「您」。我們能不能用這個定義來解釋〈式微〉呢？好像沒什麼理由不能。於是我們想到了一個把「君」解釋為「您」，而且情調比妻子等待不到丈夫更浪漫的說法，其詳如下：

一個少女與她的情人一齊出遊，兩人在外面留連忘返，直到天黑了還沒回家。女孩感到害怕，就撒嬌地責備情人說：「天黑了！天黑了！為什麼還不回家？（都是您啦！）如果不是您的緣故，我為什麼要在這露水裡受涼？為什麼要在這泥塗中困頓？」

這樣的說法比較浪漫吧？但是要支持這個說法，我們得為詩中各個字句找到恰當且堅強的解釋。所以請稍微耐心地讀讀下面的字句解釋。

注釋：

(1)　「式微」：「式」，句首助詞，無義。「微」，不明、昏暗，尤其指因沒有太陽和月亮的光照而變黑暗。例證：《詩經・小雅・十月之交》有「彼月而微，此日而微」語。《鄭箋》：「微，謂不明也。」

(2)　「胡不歸」：「胡」，為什麼？「不歸」，不回家。

(3)　「微君之故」：「微」，非，不是。「君」，對人的尊稱。「故」，緣故。

(4)　「胡為乎中露」：「胡為」，為什麼？「乎」，

於，在。「中露」，朱熹釋為「露中」，其說可信。古籍中類似的例子很常見。如「中山」解為「山中」；「中川」解為「川中」；「中水」解為「水中」。可參看《漢語大辭典》。稱「露中」為「中露」是為了與「故」字協韻。

(5) 「微君之躬」：「躬」，自身。全句意為：如果不是因為您（自身）的緣故。

看到這裡，有的讀者也許會問：是不是每一首詩都可以隨自己的意思做彈性解釋呢？答案是：不是的。《詩經·國風》裡的詩本來就有一大部分是愛情詩。孔子說：「《詩》三百，一言以蔽之，曰：思無邪。」「思無邪」三字雖然未必全在指男女愛情之「無邪」，但至少有部分是針對《國風》中之情詩而發，應該是不假的。另外，《荀子·大略篇》又有「《國風》之好色也……」的話。可見《國風》多情詩是先秦時代就已共許的事。但是，古人開始「注釋」《詩經》的時候（大概在漢初），注者就都喜歡藉由經中的各首詩來發揮他們的政治見解，因此很多人就把《國風》中的情詩都解釋為政治諷喻詩。這才導致後代學者要花很多精神去做廓清詩意的工作。較晚期的詩，比如說杜甫詩，因為可以確切考訂寫作的年代

和背景，這種詩讀者就不能「過度」發揮想像力自由去詮釋了。

無感我帨兮
無使尨也吠

她用這條界線
要求男子親熱必須守住分寸。

野有死麕（召南）

野有死麕，白茅包之。
有女懷春，吉士誘之。

林有樸樕，野有死鹿，
白茅純束。有女如玉。

舒而脫脫兮，
無感我帨兮，
無使尨也吠。

這是《詩經》裡頭寫男歡女愛寫得最露骨的一首詩。它不只寫到情愫，還寫到動作。不過，雖然如此，這首詩終究還是守住了孔子評價《詩經》──尤其是其中的愛情詩──時所說的「思無邪」的分際。至於其詳，容我們慢慢來說。

　　詩的場景是野外的一個樹林。首先出現在這場景裡的是一隻用潔白的茅草包得好好的死麕。麕，就是獐子，是一種像鹿而體形稍小的動物。看到這裡，有些讀者也許會覺得詩人很煞風景：為什麼在一首要寫男女愛悅的詩裡，劈頭就提一隻死麕呢？那不會不吉利嗎？關於這一點，讀者得先了解到，在二、三千年前，人們主要還是以農耕和打獵為生。獵人把體積夠大、份量夠重的獵獲物用白亮亮的茅草包得好好的，不正是他所能送給女友的最佳禮物嗎？它正如現代某個男生在某大百貨公司周年慶時好不容易「搶」到的、用亮麗的包裝袋包好的限量名牌時裝。兩者都是男子用來贏取女友芳心的超炫禮物！詩中的男子有了這樣的大禮，難怪會順理成章地向他那位正值思春期的女友展開攻勢。我們用「展開攻勢」一語，並不是順口瞎扯的，因為詩中明白講了：「吉士誘之」。「吉士」是男子的美稱，猶如我們現在說的「俊男」。

「誘」即引誘，在此更恰當地說，即「逗引」，意思是用言語、行動等引起對方注意、撩撥對方情緒。至於詳情，則詩中沒說，我們也不便隨意揣測。

詩的第二段除了像《詩經》中其他許多篇章一樣，是第一段的換韻重複外，又為全詩增加了兩個要素：一是「樸樕」，為男女二人愛悅之場所；二是「如玉」，為女主角之特質。換韻重複的部分即「野有死麕」換為「野有死鹿」，「白茅包之」換為「白茅純束」。「樸樕」就是小樹。小樹叢對於戀愛中的年輕男女，應該是理想的親熱環境吧。「如玉」是個比較難解的詞，因為玉有很多特質，這裡究竟要指哪個特質，我們只能靠推想。試想想，這位懷春的姑娘最可能吸引那個年輕小伙子的是什麼呢？大概是她的漂亮吧。所以有人解「如玉」為女子美得像白玉，是有道理的。好，男的是俊男，女的是美女，就像現在的偶像劇一樣，先天就有無限的吸引力。如是，在野外林子裡的小樹叢中，俊男面對美女，送上令她芳心大動的禮物後，又用言語行動等引逗她。接著會發生什麼事呢？

詩人很高明，他選擇不像前兩段那樣客觀描寫發生什麼事，尤其不從男方的舉動寫發生的事。從男方

這面寫或許會有露骨之虞，因為男性在這方面是比較無忌諱的，你說是不是？詩人只寫了女子在男方有所行動時叮嚀男方的話：「舒而脫脫兮，無感我帨兮，無使尨也吠！」翻成白話，就是說：「你輕輕緩緩地來呀！不要去動我的佩巾呀！不要擾攘得讓狗兒叫起來呀！」這一段話，一方面用女性的矜持平衡了男子秀出禮物、引逗女子、乃至於後來隱藏於女子話語中的種種舉動所顯現出的躁急；在另一方面，也讓全詩敘寫男女主角的份量得到平衡。在前兩段中，寫男子的詩句明顯壓過寫女子的詩句，彷彿男為主角、女為配角。你有沒有發現，「無感我帨」彷彿是女子在兩情相悅時畫下的一條界線？她用這條界線要求男子親熱必須守住分寸。這樣的一條界線要畫在哪裡，自然是隨時代、地域等因素而不同的。但在男女關係中需要保有一條界線，則似乎是永遠不錯的。不只男女關係，天下間任何事都應有一條既合乎人性又合乎社會規範的界線來約制與導引。這條界線大概就是孔子說的「七十而從心所欲不踰矩」的那個「矩」吧。

讀完上面的分析，有的讀者說不定會懷疑：如此分析一首詩，會不會破壞詩的一體性呢？關於這點，我們的答案是：不會的。因為絕大部分的詩人在把個

別字句組織成詩時，都是有方法、有步驟的。我們依據每首詩的特質，作適當的分析，就像有方法、有步驟地拆解一部機器。這樣做不僅可以訓練讀者掌握詩的組織、結構，還可以激發讀者靈感，把各種各樣表面上為單一整體的事物分拆開來研究、琢磨，然後再有方法、有步驟地組織回去成為一個整體。這是人類學習各種知識的重要方法之一。

注釋：

(1)　　「麕」：（音 jūn 均），即獐子。像鹿，但體形較小。

(2)　　「懷春」：思春。

(3)　　「吉士」：對男子的美稱。

(4)　　「誘」：引誘，引逗。

(5)　　「樸樕」：（音 pú sù 樸素），小樹。

(6)　　「純束」：「純」讀如「屯」。純束二字同義，即束起來、包起來（馬瑞辰說）。

(7)　　「舒而脫脫兮」：「而」是形容詞或副詞語尾。「舒而」，即輕緩地。「脫脫」（音 tùi tùi 退退），輕緩的樣子。

(8)　　「無感我帨兮」：「無」，即「勿」。「感」同「撼」，動也。「帨」（音 shùi 稅），即佩巾，

古代女子外出時繫於腰左的拭巾。

(9)　　「無使尨也吠」：「尨」（音 máng 盲），狗。
　　　　「也」，語助詞，用在「尨」後，表示提頓，
　　　　兼有緩和語氣的作用。可譯為「呀」。

附論：
一、如果沒有第三段的曖昧情色描寫，你對這首詩仍
然會有興趣嗎？或許你會說，即使有了第三段，你也
不感興趣。如果是這樣，為什麼？

二、情色描寫指因應情節需要而作的適當的有關
「色」的描寫。色情描寫則指非情節需要或超過情節
需要，有刺激、滿足慾望之意圖的有關「色」的描寫。
請以這首詩為例，談談文學作品中的情色成份如何避
免變成色情描寫。

三、請以《詩經》中的眾多愛情詩為例，談談愛情詩
中俊男對美女的安排是否是詩作成功的要素。

遵大路兮
摻執子之袪兮

你有過那種手稍一鬆
就將失去心愛的人的經驗嗎？

遵大路（鄭風）

遵大路兮，摻執子之袪兮，
無我惡兮，不寁故也。

遵大路兮，摻執子之手兮，
無我魗兮，不寁好也。

這首詩，依近人屈萬里的說法，是「男女相愛者，其一因失和而去，其一悔而留之之詩。」但這只是詩的大意，讀者不要以為原詩就這麼平凡無聊。因為原詩意象細節十分生動傳神，讓人看了拍案叫絕。

　　首先，詩句說：「遵大路兮，摻執子之袪兮。無我惡兮，不寁故也！」意思是：我沿著大馬路追著，我拉住你的袖口。我央求說：「不要嫌棄我呀！不要不繫念我們往日的感情嘛！」

　　第二段大致重複第一段，只把「子之袪」改成「子之手」，「惡」改成「魗」（音 chǒu 丑，通「醜」，也是嫌棄的意思），「不寁故」改成「不寁好」（「好」是歡好的意思）。有學者指出，這段中的「遵大路」應作「遵大道」，以與後文協韻。這個說法可以接受。

　　看完了詩句，讓我們接下來看看這些表面上簡單平凡的詩句中有什麼生動感人之處。我們由「遵大路兮」這句開始。這一對鬧分手的男女鬧翻的地方不是家裡，也不是田野之間，而是人來人往的大馬路上。在眾目睽睽之下，捨不得分手的一方，在古代多半是女方，沿路追著另一方，不顧羞恥地去拉住他的袖

口、他的手。不管是袖口還是手，都給人快要拉不住、勉力去拉住的感覺。尤以袖口更有那種即將拉不住，即將失去之感。你有過那種手稍一鬆就將失去心愛的人的經驗嗎？「遵大路兮，摻執子之袪兮」，有多困窘、多心急、多辛酸，你能體會嗎？再說，在那種心痛心急的局面下，這個捨不得分手的女孩講出什麼話呢？「無我惡兮，不寁故也」，好像一切錯都錯在自己，只要對方能顧念舊情，自己萬事都無所謂。多麼委曲求全啊！

不久前電視上曾報導，有位中國大陸的年輕女性，在得知自己男友送她的「名牌包」原來是假貨之後，當著鑑定師和圍觀路人面前立刻發飆，拿起那假包包砸她男友的頭，隨後二人立刻分手。當然這是個很極端的例子，不能拿來代表所有路上鬧分手的男女。但是我們拿它來和〈遵大路〉裡的情節一比較之後，相信可以很快看出詩裡所表現的那種辛酸、困窘和委曲求全的古代女性在分手時感人的特殊韻味來。你在現實生活裡遇見過這種女性嗎？我們相信這位女性並非古代的「特產」。下次你在街頭看到男女生鬧分手時，務必記得仔細觀察他們屬不屬於〈遵大路〉型。還有，如果你是位好男生，一定不要讓你的女朋友有像〈遵

大路〉的女主角那麼狼狽的時候。

注釋：

(1)   「遵」：循著、順著、沿著。

(2)   「摻」：（音 shǎn 閃），執，持。

(3)   「袪」：（音 qū 趨），袖口。

(4)   「惡」：（音 wù 勿），討厭，嫌棄。「無我惡」
       就是「無惡我」，因係否定句而把賓語（我）
       調到動詞（惡）前面。這是文言文慣例。

(5)   「婁」：「接」的假借字，接續（清人俞樾說）；
       這裡係用其引申意來翻譯。

(6)   「故」：舊情，往日的感情。

摽有梅
頃筐塈之

她說自己的青春好像梅子掉落
滿地，到了需要用斜口簸箕來盛
走的地步了。

摽有梅（召南）

摽有梅，其實七兮。
　　求我庶士，迨其吉兮。

摽有梅，其實三兮。
　　求我庶士，迨其今兮。

摽有梅，頃筐墍之。
　　求我庶士，迨其謂之。

一個年華逐漸老去的女子，在一個類似相親大會的場合上，祈求有意追求她的眾男士趁著難得的時機趕快來追求她、與她成婚。

她把自己的青春時光比喻為開始落果的梅樹，一開始就說自己的青春像只剩十分之七果實的梅樹一樣，已經虛度許久了。盼望有心追求她的眾男士們趁著良辰吉日前來追求。接下來她更說，青春如梅果一般，只剩下十分之三了，內心有些著急，願有心人把握住這個時機。最後她說自己的青春好像梅子掉落滿地，到了需要用斜口簸箕來盛走的地步了，拜託男士們趁著現在她一心熱切地想結婚，快來追求她。

女性因故拖到過了適婚年齡（指性生理、心理都已成熟）還沒結婚，然後才在時光不留人的壓力下趕著找對象，甚至到了一路貶抑自己的程度，這是本詩女主角的悲哀。現代女性除了婚姻外，有的寧可選擇事業，所以結婚的壓力可能沒有古代那麼大。但是感受到這種壓力的女性還是有的。除外，現代女性另有一種新壓力，那就是由於性生理和性意識普遍比以前早熟，加上社會上誘惑較多，有些女孩根本還未到適婚年齡，就急著亂找對象，結果引發出許多社會問

題，這也是一種悲哀。凡事要恰到好處才好，結婚或同居的時機也是這樣。

注釋：

(1) 「摽」：（音 biào 鰾），《毛傳》解釋為「落」，《爾雅‧釋詁》也一樣（當然《爾雅》的解釋可能採自《毛傳》，但這至少顯示《爾雅》的編者也同意《毛傳》的說法）。

(2) 「有」：語詞，無義。

(3) 「實」：果實，指樹上的梅子。

(4) 「七」：還剩十分之七。

(5) 「求」：追求。

(6) 「庶士」：「庶」，眾多。「士」，古代指未婚的青年男子。

(7) 「迨」：趁著。

(8) 「其」：語助詞，用在句中，使語句和諧勻稱，無法翻譯。

(9) 「吉」：謂良辰吉日。

(10) 「迨其今兮」：在這一句裡，「今」的意思很值得玩味。《毛傳》說：「今，急辭也。」這個解釋比較曖昧不清。朱熹說：「今，今日也，蓋不待吉矣（不用等待到良辰吉日了）。」看

起來清楚合理。但是與這句詩同位置的句子首段是「迨其吉兮」（趁著吉利的時候），末段是「迨其謂之」（趁著我熱望它的時候），這段卻來個「趁著今天」，語法結構似與前後不一致。因此，我們揣摩參考《毛傳》，把這句詩解釋為「趁著我感到著急的時候」。

(11) 「頃筐墍之」：「頃筐」（音 qīng kuāng 青框），簸箕樣的斜口筐。「墍」（音 xì 係），盛（chéng）取。地上的梅子多得要用筐子來盛，可見已落光了，表示青春已逝。

(12) 「迨其謂之」：這句詩的意思是「趁著我心中熱望（結婚）的時候。」《鄭箋》說：「謂，勤也。」《鄭箋》還在其他一些地方也把「謂」解釋為「勤」，例如〈小雅・隰桑〉中「遐不謂矣」的「謂」字。「勤」有心中熱望、衷心企盼的意思（參見《漢語大辭典》「勤」字條）。

俟我乎巷兮

悔予不送兮

最後，這個姑娘有沒有如願嫁給了
她的意中人呢？

丰（鄭風）

子之丰兮，
俟我乎巷兮，悔予不送兮。
子之昌兮，
俟我乎堂兮，悔予不將兮。

衣錦褧衣，裳錦褧裳。
　叔兮伯兮，駕予與行。
裳錦褧裳，衣錦褧衣。
　叔兮伯兮，駕予與歸。

如果一個女孩子，在意中人向她表達愛意的時候，由於矜持的原因，沒有適當回應，結果會怎麼樣？〈丰〉這首詩寫出了一個很有趣的個例。

　　首先，女孩子說：「你好壯美喔！你一直到巷子裡來等我，真後悔我沒有接受你。」

　　第二段大致重複這層意思：「你好盛壯喔！你一直到廳堂上來等我，真後悔我沒有接受你。」

　　等到男子走後，女孩懊悔莫名。於是她自己穿上華麗的嫁衣，心裡祈求着男子快點駕車來迎娶她。詩句說：「衣錦褧衣，裳錦褧裳。叔兮伯兮，駕予與行。」第一個「衣」字是穿上的意思。「錦」指錦衣，是用錦緞縫製的衣服；「褧（音 jiǒng 窘）衣」猶如現在所稱的罩袍，用來遮蔽路上塵土。二者都是女子出嫁時所穿。「裳錦褧裳」的第一個「裳」也是穿上的意思。古代的衣着，上身穿的衣服叫「衣」，下身穿的衣服叫「裳」；「衣」和「裳」單獨也都可泛指衣服。所以「裳錦褧裳」與「衣錦褧衣」是同樣的意思。重複一次有強調的作用，唸起來也比較好聽。「叔兮伯兮」，猶如白話說「好哥哥呀」。古代兄弟按排行一、

二、三、四稱伯、仲、叔、季，所以這四個字單獨或兩個合起來常作為男子的稱呼，尤其是女子對其意中人或丈夫的稱呼。「駕」即「駕車」。「駕予」就是駕車來載我。「行」，女子出嫁叫「行」；下段的「歸」也是同樣的意思。最後，這個姑娘有沒有如願嫁給了她的意中人呢？詩中沒有提，所以我們不知道。

你認為這首詩中的情境可以引申到我們生活中某些類似的狀況嗎？又，你有沒有從這首詩得到什麼啟發呢？

注釋：

(1)　「子」：指稱對方。

(2)　「丰」：容貌豐滿美好。

(3)　「俟」：（音 sì 四）等待。

(4)　「送」：在《詩經》裡，女子「送」男子有表示接受其愛情之意。例子尚可見〈桑中〉：「送我乎淇之上矣」；〈氓〉：「送子涉淇」。

(5)　「昌」：盛壯（見《毛傳》）。

(6)　「將」：送。「將」解釋為「送」的例子還有〈召南・鵲巢〉：「之子于歸，百兩將之」（《毛傳》：「將，送也。」）；〈邶風・燕燕〉：「之

子于歸，遠于將之」（《鄭箋》：「將，亦送也」）。本篇「將」字《鄭箋》也解釋為「送」。

(7) 「叔兮伯兮」：〈鄭風・蘀兮〉也有此語。二詩中的「叔兮伯兮」由上下文推斷都是女子對意中人的暱稱。

今夕何夕
見此良人

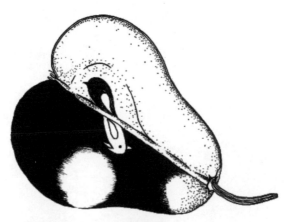

有個女子，她在婚前
可能從來沒有見過她未來的丈夫。

綢繆（唐風）

綢繆束薪，三星在天。
今夕何夕？見此良人。
子兮子兮，如此良人何！

綢繆束芻，三星在隅。
今夕何夕？見此邂逅。
子兮子兮，如此邂逅何！

綢繆束楚，三星在戶。
今夕何夕？見此粲者。
子兮子兮，如此粲者何！

這是《詩經》中又一首十分動人的愛情詩。有個女子，她在婚前可能從來沒有見過她未來的丈夫。在新婚之夜，她驀然發現自己的新郎是位人中俊傑。在喜悅滿足之餘，她唱了這首詩。

　　詩的第一段是這樣寫的：綑束起來的薪柴，象徵婚姻和合，擺設在屋子裡；參星高高地掛在天空中。今夜是多麼奇異的一個夜晚啊！竟讓我遇見如此美好的一位新郎。您呀！您呀！我該如何來對待這樣的新郎您呀！第二、三章換韻重複，這種寫法我們在以前講述的詩中已提過多次，這裡就不再多談。

　　整首詩最動人、最漂亮的部分莫過於女主角直抒胸臆，傾訴她的喜悅滿足之情的「今夕何夕」等四句，尤其是第一章的四句。其中風味極難從翻譯和解說中傳達出來。我們在上段中的敘述只是粗陳皮相而已，原來詩句中所透露出來的微妙細緻的感情，就有勞讀者自己去揣摩了。

　　現代人由於婚前多半先有自由戀愛的經驗，所以可能較難體會這首詩中的女主角在新婚之夜才發現自己有令人豔羨的另一半的那種心情。不過，如果不把

自己驚豔的對象限定在丈夫或妻子，那麼有些情況可能仍能讓你像詩中女主角那樣喜不自勝。比如說，你的好友為你介紹一位異性朋友；然後，在一個非常浪漫的情境下，你見到這位異性。如果因緣湊巧，你或許就遇上一位讓你驚豔的、甚或可能會成為你終身伴侶的人。這種事難是難，不過並非不可能。你說是不是？你會嚮往這種遇合嗎？如果會，你就能想像本詩女主角的感情。

有些年輕朋友有時會因為遲遲沒遇到合適的戀愛對象而感到懊惱。但是天下事很難定，晚找到戀愛對象的人，說不定一旦遇到對象，就是個夢寐以求的好伴侶。所以，大家大可不必像〈摽有梅〉中的女主角那樣，只因為自覺沒能及時找到對象就憂心忡忡，不可終日。你說是不是？

注釋：

(1) 「綢繆束薪」：「綢繆」（音 chóu móu 仇謀），緊縛，緊緊地捆束。「束薪」，綑束起來的薪柴。周錫輹說：「《詩經》中凡提到婚姻或夫婦的地方，多出現『薪、楚』等字樣。……這可能是古代婚禮上一種有象徵意義的陳設，如

以束薪比喻夫妻結合。」（此說清人魏源《詩古微》已提及。但周氏言之較詳，且舉證較多）參見 (7)、(10)、(11)。

(2) 「三星在天」：「三星」，指參星。詳〈小星〉「三五在東」句注。

(3) 「今夕何夕」：「夕」，本義為初昏（傍晚），在此泛指夜晚。

(4) 「見此良人」：「良人」，女子稱丈夫為良人。

(5) 「子兮子兮」：猶言「您呀您呀！」

(6) 「如此良人何」：「如…何」，猶言「把…怎麼樣」。

(7) 「束芻」：「芻」（音 chú 除），草把。「束芻」的象徵意義與上段的「束薪」相同。參見 (1)、(10)、(11)。

(8) 「在隅」：「隅」，角落；在此指屋角。

(9) 「見此邂逅」：《毛傳》解「邂逅」為「解說之貌」。「解」（音 xiè 謝），意為舒解。「說」字陸德明注音為「悅」，也就是解釋為愉悅的「悅」。因此，現代大型字典、辭典都將此詩的「邂逅」解釋為「歡悅貌」或「怡悅貌」。但因在全詩三段中，其他兩段與「邂逅」位居相同位置的字眼（良人、粲者）都是名詞，很

多注釋家便將「邂逅」引申為「令人歡悅的人」。

(10) 　「束楚」:「楚」,一種灌木。參見 (1)、(7)、
　　　(11)。

(11) 　「在戶」:當著門。三星在天、在隅、在戶表
　　　示其位置隨著夜之變化而有變化。但是此詩正
　　　如〈蒹葭〉一般,全詩第一章詩意已足,二、
　　　三章只是換韻重複,造成一唱三嘆的效果。因
　　　此,詩中是否有意強調三星位置的變化和夜晚
　　　時分的變化,難以確定。

(12) 　「粲者」:「粲」本是精米的意思,在此「粲
　　　者」指美好的人,傑出的人。

附論:

　　如果你聽西洋古典音樂的話,你可以聽聽白遼士
(Berlioz)《羅密歐與茱麗葉》(*Romeo and Juliet*) 裡
的 "Love Scene",與本詩比較一下。

焉得諼草
言樹之背

哪兒找得到忘憂草，
把它種在房後，
好讓我忘了憂愁？

伯兮（衛風）

伯兮朅兮，邦之桀兮。
　　伯也執殳，為王前驅。

自伯之東，首如飛蓬。
　　豈無膏沐？誰適為容！

其雨其雨，杲杲出日。
　　願言思伯，甘心首疾。

焉得諼草？言樹之背。
　　願言思伯，使我心痗。

有一位年輕的婦人，至愛的丈夫從軍出征去了，她對丈夫的思念無論如何都無法化解。這首詩寫的就是她被相思折磨的情形。全詩共有四章，每章都有實質意義，與其他很多詩換韻重複的情況不同。

　　如果用現代文字簡單講述一下，這首詩說的是：

大哥哥呀他勇武壯碩，
是國家的英傑。
他手執長杖，
做王的前導，為王打前鋒。

自從大哥哥前往東方去了以後，
我的頭髮就像飛蓬一樣散亂。
難道我沒有膏油和米汁可以洗頭潤髮？
只是，愛人不在，我要為取悅誰而整妝呢？

我祈求「下雨吧！下雨吧！」
結果出了個明亮亮的太陽。
我想念大哥哥，
想得心苦頭痛！

哪兒找得到忘憂草，

把它種在房後，好讓我忘了憂愁？

我想念大哥哥，

想得心都病了。

　　本詩一開始就寫出少婦心目中丈夫傑出之處，這同時等於交代了少婦至愛她丈夫的原因。接著寫少婦丈夫從軍出征，這點出了少婦相思的緣由。其後三段從不同層面寫少婦思夫的情狀。

　　你不難發現，這首詩雖然沒有戀愛或新婚中男女的熱情或甚至激情，卻有濃得化不開的思婦對出征丈夫的愛戀。

　　周錫䪖《詩經選》曾拿本詩與唐代王昌齡的七言絕句〈閨怨〉作比較，認為〈閨怨〉「是旁人捉刀，由詩人代為設想，所以（相思的）感受終覺隔了一層。」不像本詩由少婦自述，把思夫之情「刻劃得入木三分。」我認為自述與「捉刀」之別或許還不是兩詩高下的關鍵因素。〈閨怨〉中的思夫之情令人「終覺隔了一層」，原因可能在於它只短短四句，不能鋪敘。而本詩則用了大量篇幅，仔細地、生動地、完全

貼近日常生活地描繪了思婦的行為與內心，這才使它寫得入木三分。

注釋：

(1)　　「桀」：意思同「傑」，因此上面譯為「英傑」。

(2)　　「殳」：（音shū書），兵器，長一丈二尺而無刃，屬於杖類。

(3)　　「為王前驅」：做為王的前導（採《漢語大辭典》說）。

(4)　　「首如飛蓬」：頭髮凌亂，懶於整理。「蓬」，草名，遇風就連根拔起，四散飛旋，所以稱「飛蓬」。

(5)　　「膏沐」：「膏」，潤澤頭髮的膏油。「沐」：或稱潘沐，即洗米水，可用來洗頭（參見屈萬里）。

(6)　　「誰適為容」：「適」，悅；「為容」，整妝，化妝。「適」解釋為悅，係根據馬瑞辰的說法。馬氏指出：《一切經音義》引《三倉》說，「適，悅也。」女為悅己者容，夫不在，故說「誰適為容？」即言為誰為容也。馬氏又引《書·盤庚》「民不適有居」一語，說那就是民不悅有居的意思。又引《詩·小雅·巷伯》「彼譖

人者，誰適與謀」語，認為也是誰悅與謀的意思。從「自伯之東」以下四句說的是女為悅己者容，丈夫不在，要為取悅誰而化妝呢？「膏沐」就是古人的潤髮乳和洗髮精。

(7) 「其雨其雨」：「其」，語助詞，表祈使的語氣。這類句法甲骨文中常見，甲骨文中甚至就有「其雨！其雨！」一條。這裡用甲骨文成語，暗示詩中的少婦可能真的去占卜。祈雨而出日，表示事與願違，祈求丈夫歸來，而丈夫卻邈然無蹤。

(8) 「杲杲」：（音 gǎo gǎo 稿稿），明亮貌。

(9) 「願言」：即願然，思念貌。「願」，念也（《鄭箋》）。

(10) 「甘心首疾」：我們沒有把「甘心」解釋為心甘情願的意思，而解釋為「心苦」（即苦心、痛心），也是依據馬瑞辰的說法。馬氏指出：「甘」，《毛傳》解為「厭」。而「厭」字有眾多古書注都解為「厭苦」，可見「厭」字有「苦」、「痛」的意思。《左傳》有「痛心疾首」一語，此詩的「甘心首疾」義正同「痛心疾首」（詩中不稱「疾首」而稱「首疾」，是為押韻而倒裝）。再者，我們認為，解「甘心」為心

甘情願，會與下段的「使我心痗（病）」情意互相矛盾，似有不宜。

(11) 「諼草」：「諼」（音 xuān 宣），忘記。所謂諼草，只是假想的可以讓人忘記憂愁的草。後人誤以諼草為萱草，以為它是一種真的可以讓人忘憂的草。

(12) 「言樹之背」：根據清代學者俞樾的說法，這一句是指把它種於房子的後面。「言」是語助詞，用在句首或句中，使語句和諧勻稱，無法譯出。「樹」是種植的意思。「背」，古代與「北」通用。古代房子一般都坐北朝南，所以「背」指的是房屋的後面。

(13) 「痗」：（音 mèi 妹），病。

附：

　　王昌齡〈閨怨〉：「閨中少婦不知愁，春日凝妝上翠樓。忽見陌頭楊柳色，悔教夫婿覓封侯。」

雖則如雲
匪我思存

這種情節和話語看起來好像很清楚明白。
但是如果我們細加玩味，就會發現
內情也許並不單純。

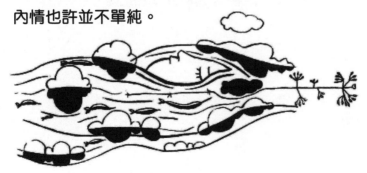

出其東門（鄭風）

出其東門，有女如雲。
　雖則如雲，匪我思存。
縞衣綦巾，聊樂我員。

出其闉闍，有女如荼。
　雖則如荼，匪我思且。
縞衣茹藘，聊可與娛。

鄭國有個男子，出了國都的東門，看到「如雲」的女子。結果他說：雖然這裡有女如雲，但是我不動心。唯有我那位白衣青巾（應是指衣著寒素）的女子，聊且能讓我歡樂滿足。這種情節和話語看起來好像很清楚明白。但是如果我們細加玩味，就會發現內情也許並不單純。

　　要細究詩中奧妙，先讓我們從「如雲」這兩個字討論起。我們現在常說「美女如雲」這個成語，好像「如雲」與「美」有必然關係。其實「如雲」照古人的理解，只是「盛多」的意思。不過，不管美不美，一個男子看到一大群女子，真的會毫不在意嗎？他先前知不知道東門外有女如雲？我們能不能懷疑他是存心到東門外去看女子的？假如他已經有位讓他滿意的伴侶，上面的懷疑自然就比較不能成立。那他究竟有沒有這樣一位女性在呢？他提到一位白衣青巾的女性，大概就是他的伴侶吧。但是他說這位女性「姑且」（「聊」）能讓他歡樂滿足，這意味著什麼呢？文言文裡有個成語說「慰情聊勝於無」，用台灣話說，就是「無魚蝦也好」。那麼，是不是這位「縞衣綦巾」的女子並不能讓他滿意著迷呢？是不是他跑到東門外看到一大群女生，雖然會動心卻也不能怎麼樣，才退

而求其次，說「姑且」有個伴侶在就好了呢？要不然，又是怎麼一回事呢？請你揣摩揣摩。不過，不論你揣摩的結論是什麼，我們都應該記得，有很多人的心思是天生複雜微妙的。所以即使本詩的主角真的跑去東門看到美女如雲而動心，只要他還能自持，沒做出什麼不得體的事，我們就不該苛責他。你說是不是？

　　第二段意義與頭一段類似。出了甕城的城台，看到女子一大群，像一片茅草的白花，開得十分繁盛。雖然女子一大群，但是我不動心。唯有我那位白衣紅巾的女子，姑且可讓我和她娛樂。

注釋：
(1)　　「如雲」：《毛傳》：「如雲，眾多也。」又〈齊風・敝笱〉：「齊子歸止，其從如雲。」《毛傳》：「如雲，言盛也。」從〈敝笱〉文字推斷，「如雲」當真為「盛多」、「眾多」的意思。
(2)　　「雖則」：雖然。
(3)　　「匪」：同「非」。
(4)　　「思存」：心思所在，猶如說「在念」（屈萬里說）。

(5)　「縞衣綦巾」:「縞」:白色的絹;白色。「綦」（音 qí 其），青蒼色。「巾」，佩巾。

(6)　「員」:同「云」，表語意完了的語氣辭。

(7)　「闉闍」:「闉」（音 yīn 因），包在城門外的小城，叫甕城。「闍」（音 dū 都），城門上的台。

(8)　「思且」:屈萬里說:「且，語助詞。或讀為徂，《爾雅》:『徂，存也。』」

(9)　「茹藘」:（音 rú lú 如驢），即茜草，其汁可作絳紅色染料。在此指此絳紅色染料所染佩巾。

豈其食魚　必河之鯉

即使他字面上說他
沒必要一定要如此，
他卻憧憬到
拿這些珍品和他平淡的生活來比較。

衡門（陳風）

衡門之下，可以棲遲。
　　泌之洋洋，可以樂飢。

豈其食魚，必河之魴？
　　豈其取妻，必齊之姜？

豈其食魚，必河之鯉？
　　豈其取妻，必宋之子？

古代有一個陳國人，他說只要去去陳國國都的衡門下面，就可以遊憩、閒逛；只要喝喝陳國國都泌泉的泉水就可以一解飢渴。他說吃魚何必一定要吃最美味的黃河魴魚、鯉魚。他說若要娶妻，何必一定要娶當時最有權勢地位的齊國姜姓女子，或宋國子姓女子。你覺得這個人是怎樣的一個人呢？他是用什麼樣的心態說那些話的呢？你周遭有沒有這樣的人呢？你自己認同這樣的人嗎？

　　「衡門」，根據近人聞一多的說法，可能是陳國國都的一個城門。古代的城門是個人來人往的地方，附近或許聚集了一些攤販、雜耍等，所以會有人去城門下面休息、遊逛。這個陳國人說在衡門下他就可以休息、遊逛得很高興，這就好像現在的台北人說只要到台北火車站附近玩玩就夠滿足的了，何須出國去玩什麼巴黎凱旋門、東京晴空樹呢？「泌」是陳國國都的一個泉水的名稱，泉水豐沛，大概也清涼可口。這個陳國人說，只要喝喝泌泉的水，就可以解飢。這就好像現在的台灣人說只要喝喝白開水就好了，何必喝什麼一瓶幾仟塊的香檳，或喝什麼一瓶幾十萬的紅酒呢？

接下來的關於吃魚和娶妻的話，詩句雖有兩段，實際上只有一個意思。就如上面說的，魴魚和鯉魚都是黃河出產的極品美味。「姜」是齊國國君的姓，所以姜姓女子就是與齊國國君同宗的非常有身分地位的女子。「子」則是宋國國君的姓，「子」姓女子也是非常有身分地位的。這個陳國人說他娶妻何必一定要齊之姜或宋之子，就像現在的人說娶妻何必一定要娶大政治人物或大企業家的女兒呢？吃魚不一定要黃河出的魴魚或鯉魚，就像現在說吃吃虱目魚就不錯了，何必一定要吃東港的黑鮪魚肚呢？

這個陳國人你覺得可能是怎樣一個人呢？從這個人說「衡門之下，可以棲遲」看來，他似乎是個市井小人物。從他說「泌之洋洋，可以樂飢」看來，他甚至可能是個窮光蛋。你說是不是？他說「衡門」等四句，彷彿他很安分，很節制。但是他卻會點出頂級的享受：吃黃河之魴或鯉，娶齊之姜或宋之子。即使他字面上說他沒必要一定要如此，他卻憧憬到拿這些珍品和他平淡的生活來比較。這樣的一個人，你覺得他的心態怎樣？你同不同意他的心態？

注釋：

(1) 「棲遲」：遊憩、遊逛。

(2) 「洋洋」：水大的意思。

(3) 「樂飢」：「樂」同「瘵」，治的意思。治飢就是解飢。

(4) 「豈」：難道。

(5) 「河」：黃河。

(6) 「取」：同「娶」。

附論：

一、這首詩很多古代出名的《詩經》注釋家都說是「隱居自樂而無求者之辭」（朱熹語，作為代表）。為配合這個看法，還把「衡門」解釋為「橫木為門」，指家中的門只是一根橫木，非常簡陋。雖然居家這麼簡陋，隱者還是不在意。你同意不同意這個解釋？為什麼？

二、「泌」有人解釋為某一泉水的名稱，也有人解釋為泌就是泉水的意思。哪個解釋比較合於詩意？

三、「豈其食魚，必河之魴」的「其」是個語助詞，用在句中，使語句和諧勻稱，在《詩經》中常這麼用。

你或許可以留心一下。

所謂伊人
在水一方

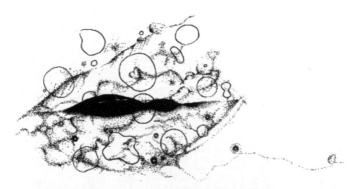

那個人居住的地方好像有流水環繞，

可望而不可即。

蒹葭（秦風）

蒹葭蒼蒼，白露為霜。

　　所謂伊人，在水一方。

遡洄從之，道阻且長。

　　遡游從之，宛在水中央。

蒹葭淒淒，白露未晞。

　　所謂伊人，在水之湄。

遡洄從之，道阻且躋。

　　遡游從之，宛在水中坻。

蒹葭采采，白露未已。

　　所謂伊人，在水之涘。

遡洄從之，道阻且右。

　　遡游從之，宛在水中沚。

這首詩看起來朦朦朧朧的，究竟在講些什麼呢？晚近的學者多半認為它寫的是一個男子或女子追求著一位可望而不可即的意中人。自古以來還有很多不同的看法，我們在後文會提到其中比較值得介紹的三種，這裡就先來討論男女追求心儀對象的說法。

詩的第一章說，在一個寒冷的秋天清晨，露水都凝結成霜了，河邊蘆葦長得十分茂盛。詩中的主角來到河邊追尋自己心儀的那個人。那個人居住的地方好像有流水環繞，可望而不可即。主角從逆流的方向去找那個人，道路是那麼的險阻又漫長。改從順流的方向去尋找，那個人所在的地方又彷彿被環繞在水中央。全詩到此情意已經完足。第二、三章只是換韻重複，造成一唱三嘆的效果而已（見方潤玉《詩經原始》）。

你有沒有過追求這樣一位心儀對象的經驗呢？如果〈關雎〉的主角追求心愛女子而追求不到的結果是徹夜難眠十分煩惱，你覺得追求一位可望而不可即的心儀對象的感受會是如何呢？

由於本詩所寫的愛情是極其朦朧含蓄的，不像本

書所選的其他愛情詩，如〈關雎〉、〈桑中〉、〈遵大路〉，那樣明顯直接，便有不少人，尤其是古人，從其他角度來詮釋本詩。有人說，主角所追尋的是隱居水濱的賢人（姚際恆說）。這個說法雖然出名，但沒有什麼佐證，我們知道一下就好。

另有學者提出主角追尋的對象不確定是什麼（朱熹說）。這個說法因為不去揣測主角追尋的對象具體指什麼，所以就沒有有無佐證的問題。而且，這說法相當開通。我們如果用比較現代的話來演繹這個說法，那麼本詩講的就是「追尋」。追尋的對象除了指愛人之外，還可以指其他各種人、事、物。〈蒹葭〉詩意中有幾個要素：一是「伊人」的值得愛慕，二是追尋「伊人」的艱辛困難，三是「伊人」的始終可望而不可即。在這樣的理解之下，近人王國維在《人間詞話》中提出了一套極深刻、極具象徵意義的見解。《人間詞話》說：

> 詩〈蒹葭〉一篇最得風人深致。晏同叔之「昨夜西風凋碧樹，獨上高樓，望盡天涯路」意頗近之。但一灑落，一悲壯耳。

撇開談〈蒹葭〉與晏殊詞句（出自〈蝶戀花 · 檻菊愁煙蘭泣露〉）風格上差異的話不論，上面的引文其實在暗示〈蒹葭〉與晏詞都在寫主人翁獨自對某一值得愛慕的對象的盡心竭力的追求。此一對象王氏在《人間詞話》另一段文字中寫得更為詳實：

> 古今之成大事業、大學問者，罔不經過三種之境界：「昨夜西風凋碧樹，獨上高樓，望盡天涯路。」此第一境界也。「衣帶漸寬終不悔，為伊消得人憔悴。」此第二境界也。「眾裡尋他千百度，回頭驀見，那人正在燈火闌珊處。」此第三境界也。（按：「衣帶」二句出自柳永〈鳳棲梧 · 竚倚危樓風細細〉；消得，值得也。「眾裡」三句出自辛棄疾〈青玉案 · 東風夜放花千樹〉，文字稍有差異。）

據此，〈蒹葭〉與晏殊「昨夜」等三句所寫的就是「古今之成大事業、大學問者」的人生三境界中的第一境界：對理想的愛慕與孤獨、艱辛的追求。而那種人的第二境界是暫時追求不得時的無怨無悔的精神；第三境界是最後驀然追求到理想時的喜悅與滿足。王國維不把對「伊人」的追尋拘泥於對愛人或賢者或其他具

體人物的訪求，而把它擴大、旁通到對人世間某種抽象理想或境界的追尋。這是他獨特的地方。

〈蒹葭〉是《詩經》裡最漂亮的詩之一。除了有豐富的象徵意義外，這首詩還有兩個突出的成就。一是音韻極美，二是情致極佳。以下我們要逐句注解全詩。讀者耐心讀完這些注解之後，開懷朗頌全詩，應該就能體會全詩的音韻及情致。

注釋：

(1) 「蒹葭蒼蒼」：分開來說，「蒹」是沒有長穗的蘆葦，「葭」是初生的蘆葦。這裡兩字合用，簡單來說其實就是指蘆葦。「蒼蒼」，《毛傳》解為「盛也」（眾多茂盛的樣子）。由第二段「淒淒」（他本或作「萋萋」）、第三段「采采」都是「盛」的意思看來，《毛傳》應可從。全句說蘆葦一大片長得很茂盛。這是某個清晨（詳下句講解）詩人在河邊所見的景象。

(2) 「白露為霜」：潔白的露水（凝結）成霜。這是深秋清晨景象（霜露尚在表示太陽尚未照射）。詩人在天寒地凍的清晨來到長滿蘆葦叢的河邊做什麼呢？下兩句提供了答案。

(3) 「所謂伊人」:「所謂」,即所說的。「伊」,近指代名詞,可譯為「這個」、「這」。在前面的介紹文字裡,我們為了方便起見,把「伊人」譯為「那個人」。

(4) 「在水一方」:在河水的(那)一邊。詩人來河邊,因為他所(常常)說起的人在河水的另一邊。

(5) 「遡洄從之」:「遡」,同溯、泝,「逆流而上曰泝洄,順流而下曰泝游」(《爾雅‧釋水》)。「從」,追尋、尋訪。

(6) 「道阻且長」:道路險阻又漫長。

(7) 「遡游從之」:見(5)。

(8) 「宛在水中央」:「宛」,彷彿、好像。以上四句寫詩人追尋他所說的心目中的「伊人」。心雖嚮往,無奈道路險阻漫長,「伊人」可望而不可即。

(9) 「淒淒」:同萋萋(他本或直接作萋萋),茂盛貌。

(10) 「未晞」:未乾。

(11) 「湄」:岸邊,水與草交接的地方。

(12) 「躋」:升高。在此指道路陡峭。

(13) 「坻」:(音 chí 持),水中高地。

(14)　　「采采」：茂盛貌。

(15)　　「未已」：未止，也就是未乾。

(16)　　「涘」：（音 sì 四），涯岸。

(17)　　「右」：迂迴。

(18)　　「沚」：（音 zhǐ 指），水中小沙洲。

駕言出遊
以寫我憂

啊！一切都完了。
我該怎麼辦？

竹竿（衛風）

籊籊竹竿，以釣于淇。
　　豈不爾思？遠莫致之。

泉源在左，淇水在右。
　　女子有行，遠兄弟父母。

淇水在右，泉源在左。
　　巧笑之瑳，佩玉之儺。

淇水滺滺，檜楫松舟。
　　駕言出遊，以寫我憂。

在這首詩裡，詩人講了一個親身經歷的、令自己無法置信、又情難以堪的故事。他說：我有一天持著細長竹竿在淇水邊上釣魚。釣呀釣的，我想起了愛人妳。我難道不想念妳嗎？只是兩人相隔太遠，無法把心意傳達給妳罷了。哪想到……哪想到……卻讓我看到什麼呀！泉源在我左邊，淇水在我右邊，道路就在中間。有個姑娘從路上走來，她要嫁出門，從此遠離兄弟和父母——那，不正是愛人妳嗎？淇水在我右邊，泉源在我左邊，妳從路上走來，妳笑得那麼甜美；妳走起路來佩玉搖動，儀態萬千。淇水悠悠地流，妳坐上船，下了淇水。妳那船是松木製的，槳是檜木製的。啊！一切都完了。我該怎麼辦？我要乘車出去，好好遨遊瘋狂一番，以去除內心的煩憂！

剛開始時，詩人還悠閒地在淇水邊釣魚。好久沒見到女朋友了，他想念嗎？擔心嗎？是的，他想念，也擔心。他只愁相距遙遠，無法前去傳達心意。他大概做夢也想不到，就在這時，他的女朋友從他面前走過，要去嫁人了。這是遠距戀愛特有的悲劇嗎？還是詩人太大意惹來的悲劇？你注意到沒有？詩人在全詩四章中，花了整整兩章半寫他女朋友從他面前走過，前去出嫁的情景。那一幕他將永生難忘吧？！詩人用

那麼平靜的語調寫出來，彷彿電影裡的無聲畫面那樣靜靜地從觀眾眼前推展過去。這情景，背後蘊藏了多少詩人內心的傷痛，讀者能體會嗎？詩人內心的痛苦只在末尾兩句以要乘車出去遨遊表達出來，而那應該已是沉澱過的感情了。多麼溫柔敦厚的反應啊！換成我們，能夠像詩人這樣豁達嗎？

　　另有人認為，愛人從眼前經過，遠嫁而去，是詩人在回想以前的事。依這個說法，我們可以把詩意解說略作修改如下：我持著細長竹竿在淇水邊上釣魚。釣呀釣的，我想起了愛人妳。我難道不想念妳嗎？只是兩人相隔太遠，我無法把心意傳達給妳罷了。哪想到……哪想到……那一天，我看到了！泉源在我左邊，淇水在我右邊，道路就在中間。有個姑娘從路上走來，她要嫁出門，從此遠離兄弟和父母──那不就是愛人妳嗎？淇水在我右邊，泉源在我左邊，妳從路上走來，妳笑得那麼甜美；妳走起路來佩玉搖動，儀態萬千。淇水悠悠地流，妳坐上船，下了淇水。妳那船是松木製的，槳是檜木製的，我都記得很清楚。就這樣，一切都完了。現在想起這件事，我能怎麼辦？我只能乘車出去，好好遨遊瘋狂一番，以去除內心的煩憂罷了！

你覺得以上兩種說法的差異對全詩的戲劇性造成怎樣的變化？你比較喜歡哪一個說法？

注釋：

(1) 「籊籊」：（音 tì tì 替替），長而尖細的樣子。

(2) 「豈不爾思」：難道不想念妳嗎？

(3) 「致」：送去，送到。指把想念妳的心意（「之」）送去。

(4) 「有行」：古代女子出嫁稱「歸」或「行」。

(5) 「巧笑之瑳」：「之」，句中語氣詞。「瑳」（音 cuō 搓），巧笑貌。

(6) 「儺」：（音 nuó 挪），《毛傳》：「行有節度。」大概是行步有姿態的意思。

(7) 「滺滺」：（音 yōu yōu 悠悠），水流動的樣子。

(8) 「駕言出遊」：「駕」，乘。「言」，語詞。《鄭箋》：「且欲乘車出遊，以除我憂。」

(9) 「寫」：除，去掉。

附論：

由於女主角係在男主角釣魚處附近登舟遠行，該處似乎是個渡口。女主角可能是隨著出嫁行列遠離其家而來。她原本有可能是坐著馬車的，但到了渡口附

近時因為要登舟，所以下車改用步行。男子所見到的就是她步行的丰姿。

下面提供兩首歌，讓你用來與本詩比較：

陳奕迅〈婚禮的祝福〉
殷正洋〈紅色的信帖〉
（洪若蘭教授提供）

肅肅宵征
抱衾與裯

這位小官員為何得這麼辛苦呢？

小星（召南）

嘒彼小星，三五在東。
肅肅宵征，夙夜在公。寔命不同！

嘒彼小星，維參與昴。
肅肅宵征，抱衾與裯。寔命不猶！

這首詩寫一個小官員，也就是現在的小公務員，因為日夜出勤，疲於奔命，而對自己的命運悲嘆不已。我們就來看看他的狼狽相。

他告訴我們，已經入夜了，當天空中的一些小星星，也就是參宿的三顆星和昴宿的五顆星已經升上東方，閃閃發亮的時候，他還在忙着為工作出差奔走。他這樣趕早摸黑，沒日沒夜地忙於公務，實在是自己的命與別人不同，不能跟別人比。

在第二段裡，詩人除了把他的辛酸大致重複一次外，更將他的苦楚很生動地描繪了出來：「肅肅宵征，抱衾與裯。」「衾」是被子的意思；「裯」（音chóu 仇），是帳子的意思。這表示說：這位小官員外出執行公差時，甚至還得抱着自己的被子和帳子隨行，在必要時露宿野外。

這位小官員為何得這麼辛苦呢？是因為他能力較差，必須「以勤補拙」嗎？是他個別受到壓榨而不敢反抗，只敢抱怨嗎？是大環境惡劣，無可奈何嗎？我們不知道。你曾經課業重到透不過氣來嗎？或在職場上操勞到快「爆肝」嗎？遇到這類處境，你如何處理

呢？是像詩中小官吏那樣感嘆「命不同」、命不如人嗎？還是能想出什麼好辦法呢？

注釋：

(1)　　「嘒」：（音 huì 會），明亮。

(2)　　「三五在東」：「三」即「參」（音 shēn 深），星座名，即獵戶座的七顆亮星，其中三顆特別明亮。「五」指下段中的「昴」（音 maǒ 卯），星宿名，有亮星七顆（古代以為五顆）。三五在東應在入夜以後。

(3)　　「肅肅」：《毛傳》：「肅肅，疾貌」。

(4)　　「宵」：夜。

(5)　　「征」：出行。

(6)　　「夙夜」：早晚。

(7)　　「在公」：忙於公務。

(8)　　「寔」：同「實」。

(9)　　「維」：表判斷語氣的語助詞。

逝將去女
適彼樂土

社會上有各種各樣的肥貓。

碩鼠（魏風）

碩鼠碩鼠，無食我黍。
　　三歲貫女，莫我肯顧。
逝將去女，適彼樂土。
　　樂土樂土，爰得我所。

碩鼠碩鼠，無食我麥。
　　三歲貫女，莫我肯德。
逝將去女，適彼樂國。
　　樂國樂國，爰得我直。

碩鼠碩鼠，無食我苗。
　　三歲貫女，莫我肯勞。
逝將去女，適彼樂郊。
　　樂郊樂郊，誰之永號。

這首詩把長期剝削人民的統治者比為一隻大老鼠，說老百姓多年奉養統治者，而統治者卻對他們一點都不顧惜，就像老鼠一樣，把他們的糧食、禾苗都啃食淨盡，害他們無以為生。這些不堪再被剝削的人民發誓要離棄這個統治者，去尋求他們的樂土。

我們現在不再把剝削者稱為老鼠。相反地，我們把他們稱為肥貓。社會上有各種各樣的肥貓。由於現在是工商業發達的時代，所以最兇悍、最貪婪的肥貓莫過於鑽法律漏洞、結合官員的權力與企業家的資金，將國家人民財富蠶食鯨吞的所謂官商勾結的肥貓。此外，各種公家或私人機構中又有許多坐領乾薪、無所事事的肥貓。甚至公家機關中只負責印文件、蓋印章的小職員有時也會變成伸手要錢的小肥貓。仔細想想，當代肥貓一族真是繁衍昌盛啊！

面對肥貓一族，我們的反應是不是該像〈碩鼠〉裡的主角一樣，只求「離棄」他們，去另求生路呢？你能夠想出更有效、更徹底的做法嗎？

注釋：
(1)　　「碩鼠」：大老鼠。

(2) 「無食」：「無」，勿，不要。

(3) 「三歲」：「三」，泛指多；三歲指多年，不一定恰為三年。

(4) 「貫女」：「貫」，侍奉，服事。「女」，同汝，你。

(5) 「莫我肯顧」：即莫肯顧我，不肯顧惜我。

(6) 「逝」：「誓」的假借字。表示下定決心。

(7) 「適」：往，去。

(8) 「樂土」：快樂的地方。猶如現在說的幸福的國度。

(9) 「爰得我所」：「爰」，乃，於是。「所」，處所；「我所」就是我要安居的地方。

(10) 「莫我肯德」：即莫肯德我，不肯對我施加一點恩德（或恩惠）。「德」作動詞用。

(11) 「爰得我直」：「直」，應解作「職」，也是「所」的意思。詳見王引之《經義述聞》。參見 (9)。

(12) 「莫我肯勞」：即莫肯勞我，不肯慰勞我。

(13) 「樂郊」：快樂的郊野，猶如說快樂的地方。

(14) 「誰之永號」：「之」，語助詞，猶「其」（馬瑞辰說），可譯為「將會」、「將要」。永號：長久哀號。

不稼不穡
胡取禾三百廛兮

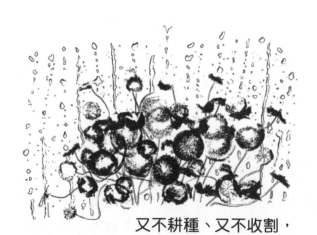

又不耕種、又不收割，
憑什麼白白取走我們幾百捆的稻禾？

伐檀（魏風）

坎坎伐檀兮，寘之河之干兮，河水清且漣猗。
不稼不穡，胡取禾三百廛兮。
不狩不獵，胡瞻爾庭有縣貆兮。
彼君子兮，不素餐兮。

坎坎伐輻兮，寘之河之側兮，河水清且直猗。
不稼不穡，胡取禾三百億兮。
不狩不獵，胡瞻爾庭有縣特兮。
彼君子兮，不素食兮。

坎坎伐輪兮，寘之河之漘兮，河水清且淪猗。
不稼不穡，胡取禾三百囷兮。
不狩不獵，胡瞻爾庭有縣鶉兮。
彼君子兮，不素飧兮。

這又是一首人民控訴剝削者的詩。主人翁可能是一個或是一群老百姓。這裡為了方便敘述，我們暫時用單數一人。趁著秋天主要的工作，收穫、狩獵，已經結束的時候，有一個人在林子裡砍伐檀樹，以便做些生活所需的器物。他把砍下的檀樹做成車輻、車輪，放置在黃河岸邊，大概是方便稍後利用河流運送到住家附近，然後就開始譏刺起剝削人的統治者來。他這樣地控訴：統治者又不耕種、又不收割，憑什麼白白取走我們幾百捆的稻禾？不參加打獵，為什麼家裡的庭院裡卻懸掛著各種各樣大大小小的獵物？詩人在譏刺統治者時不用第三人稱說「他」怎樣壞怎樣壞，而是用第二人稱說「你」怎樣壞怎樣壞，彷彿指著統治者的鼻子直接在罵一般。最後詩人又加入第三人稱作為對比，說「人家那些」有才德的君子才不像你一樣，他們不會無功受祿、白白吃飯，享受別人的勞動成果。這種代名詞的使用方式是很有趣、很有文學效果的。

雖然同樣是控訴剝削者的詩，同樣用第二人稱罵剝削者怎樣壞怎樣壞，〈伐檀〉與〈碩鼠〉風味卻十分不同。你注意到了嗎？你能不能想出來是什麼因素導致這種不同？

注釋：

(1) 「坎坎」句：「坎坎」，狀聲詞，模擬砍伐檀樹的聲音。「檀」，樹名，木質堅實，可作器物。

(2) 「寘」：同「置」。

(3) 「干」：岸。

(4) 「漣猗」：「漣」，（水）盪著波紋。「猗」（音 yī 依），語氣詞，用在感嘆句末，可譯為「啊！」。

(5) 「不稼不穡」：「稼」（音 jià 駕），耕種。「穡」（音 sè 色），收割莊稼。稼穡，泛指農活。

(6) 「胡」：為什麼（白白拿走稻子三百捆啊！）。

(7) 「三百廛」：依俞樾的說法，三百廛（音 chán 纏）與下文的三百億、三百囷（音 qūn 逡）實即三百纏、三百繶、三百稛，而《廣雅・釋詁》稛、繶、纏三字並訓為「束」。所以三百廛、三百億、三百囷都是三百束，也就是三百捆的意思。另依汪中的說法，古代「三」字多表示「多」的意思，所以三百捆猶如說「好幾百捆」。

(8) 「不狩不獵」：「狩」（音 shòu 受），冬天打獵（利用農事空隙時從事打獵）。「獵」，夜間打獵。這裡狩獵泛指打獵。

(9) 「縣」：同「懸」，掛著。

(10) 「貆」：（音 xuān 宣），獸名，就是豬貛（音 huān 歡）。

(11) 「君子」：有才德的人。

(12) 「素餐」：「素」，空，白。「素餐」，無功受祿，白白享受他人的勞動成果。

(13) 「伐輻」：「輻」，車輪中連接輪邊和中心的一條條直木。「伐輻」，砍下檀樹作輻條。

(14) 「側」：旁邊。

(15) 「直」：指水紋直。

(16) 「特」：三歲的野獸，指較大的獵物。

(17) 「滑」：（音 chún 純），水邊。

(18) 「淪」：起微波。

(19) 「鶉」：（音 chún 純），鳥名，即鵪（音 ān 安）鶉，肉可食。

(20) 「飧」：（音 sūn 孫），熟食。素飧，無功而食祿。

上慎旃哉
猶來無死

對於可能客死他鄉這點，
詩人實有不忍遽然直言之苦。

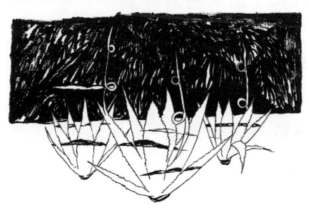

陟岵（魏風）

陟彼岵兮，瞻望父兮。
父曰：「嗟！予子，行役夙夜無已。
上慎旃哉，猶來無止。」

陟彼屺兮，瞻望母兮。
母曰：「嗟！予季，行役夙夜無寐。
上慎旃哉，猶來無棄。」

陟彼岡兮，瞻望兄兮。
兄曰：「嗟！予弟，行役夙夜必偕。
上慎旃哉，猶來無死。」

這首詩寫的是詩人被徵調到遠方從事兵役或勞役時，一方面懷念着家鄉的父母兄長，一方面又擔憂自己熬不過勞苦，死於他鄉的心情。詩分三段，分別寫他登上山岡，遙望家鄉的父親、母親和兄長；並透過想像父母兄長囑咐、期盼自己的話，表達行役的痛苦以及客死他鄉的憂慮。其中對於可能客死他鄉這點，詩人實有不忍遽然直言之苦，所以詩中先用「留止在外」、「放棄希望」等語暗示，層層推進，直到結尾才終於把「死」字表出。詩人的勞苦、煩憂及隱忍全由極含蓄、極間接的語言表現出。仔細加以推敲之後，實不禁為之鼻酸。

《詩經》時代各國徵調百姓去服兵役、勞役，或向百姓徵收賦稅，究竟是出於國家的確實需要，還是純粹只是統治者加於百姓的迫害和剝削，我們因為知道不多，不敢妄加論斷。不過，對被徵調、徵斂的百姓而言，折磨、痛苦的感受卻是實實在在的體驗。因此，無論國家立場如何，當這些人把他們的感受形之於詩歌時，其感受是應得到同情的。我們對〈陟岵〉一詩應作如是觀，對《詩經》中反徵斂的〈伐檀〉、〈碩鼠〉等詩也應作如是觀。

現在的社會已經沒有強迫百姓外出從事勞役的事。但是社會上仍然有些職業既辛苦、又危險。例如：軍人、警察、消防隊員、建築工人等。由於這些工作和其他正當的工作一樣，都受到世人尊重，因此大家也不會把他們的辛苦勞動說成是受到「迫害」。儘管如此，我們仍該充分體察他們工作的辛勞。〈陟岵〉一詩或許可以讓我們對他們心存一份特別的理解與敬重。社會上有種種不同的職業，有勞心的如學術研究者、有勞力的如挖土工人、有勞心兼勞力的如電器維修員。只要其從業人員盡其本分，便都對社會有貢獻。我們一方面要了解繁榮的社會需要每一個工作的互相配合才能成就，所以每一個職業都很重要，不能厚此薄彼。另一方面我們要多留心身邊那些特別辛勞、特別有利於社會的人，對他們多一份體諒和敬重。以下讓我們對照注釋讀讀原詩。

注釋：

(1)　　「陟彼岵兮」：「陟」（音 zhì 至），登上。「岵」（音 hù 戶），有草木的山。

(2)　　「瞻望」：向遠處看。

(3)　　「嗟」：（音 jiē 街），感嘆詞，猶「唉！」。

(4)　　「行役」：出外服兵役或勞役。

(5)　「無已」：無止，不停。

(6)　「上慎旃哉」：「上」，古代上、尚通用。「尚」，表勸勉、祈使等的語氣詞。「旃」（音 zhān 詹），語助詞，表示近指，指代人、事物，作賓語，可譯為「這（個）」；或說，同「之」。

(7)　「猶來無止」：「猶」，可，可能，可以。「來」，歸來。「無止」，不要留止在外。從「父曰」以下到這裡，是詩人想像父親對自己說的話，可用白話文大致譯述如下：父親說：「唉！我的兒子呀！你在外頭行役，由早到晚沒有停息。你可要小心謹慎哪！你一定能夠歸來，不要就長久留在外頭！」

(8)　「屺」：（音 qǐ 起），沒有草木的山。

(9)　「予季」：我的小兒子。

(10)　「無棄」無棄：不要捨棄（希望）。

(11)　「偕」：（音 xié 協），俱，在一起；指與其他行役的人在一起。

及爾偕老
老使我怨

她後悔自己從前之
耽溺於男歡女愛……

氓（衛風）

一

氓之蚩蚩，抱布貿絲。
匪來貿絲，來即我謀。
送子涉淇，至于頓丘。
匪我愆期，子無良媒。
將子無怒，秋以為期。

二

乘彼垝垣，以望復關。
不見復關，泣涕漣漣。
既見復關，載笑載言。
爾卜爾筮，體無咎言。
以爾車來，以我賄遷。

三

桑之未落，其葉沃若。

于嗟鳩兮！無食桑葚。

于嗟女兮！無與士耽。

士之耽兮，猶可說也。

女之耽兮，不可說也。

四

桑之落矣，其黃而隕。

自我徂爾，三歲食貧。

淇水湯湯，漸車帷裳。

女也不爽，士貳其行。

士也罔極，二三其德。

五

　三歲為婦，靡室勞矣。
夙興夜寐，靡有朝矣。
　言既遂矣，至于暴矣。
兄弟不知，咥其笑矣。
　靜言思之，躬自悼矣。

六

　及爾偕老，老使我怨。
淇則有岸，隰則有泮。
　總角之宴，言笑晏晏，
信誓旦旦，不思其反。
　反是不思，亦已焉哉！

這是一首棄婦詩，以被棄女子的口吻敘述出她愛情生活成敗的始末。本詩雖然篇幅較長、字義較難，但是內容十分精彩。詩的前兩段寫男方假裝要買絲，前來找女方談婚事。女方雖然動了心，但是由於男方無法找到夠體面的媒人，女子只好自作主張，帶著嫁妝隨男方到了他家。

接下來的兩段跳寫女子被拋棄後，獨自返家的經過。她後悔自己從前之耽溺於男歡女愛，告誡其他女子不要步她的後塵，並譴責男方的無理變心。

最後兩段女子先回想在男家生活之勤勉勞苦，對於被虐待之悲憤不滿；再轉想歸家後處境之可悲；最後女子一邊回憶小時候與男子青梅竹馬之甜蜜歡樂，一邊對男子之負心表示最終的決絕之意。

以上只是故事梗概，欲知詳情，請參照下面的詳盡注釋，直接閱讀原詩。

注釋：

一

(1)　　「氓之蚩蚩」：「氓」（音 méng 盟），民，百姓。

一說專指居於郊野之民。詩中女主人公最先稱呼拋棄她的負心男子為「氓」（猶言「那個人」），這是把男子當第三者來敘述。後又改稱「子」、「爾」、「士」。前二者為第二人稱（猶言「你」），如此稱呼，好像將男子當做說話的對象。後者為第三人稱（猶言「男人」），又是將男子當第三者在敘述。如此轉換無常，似乎顯示該女子對男子的感情變化不定。這是值得讀者留心的。「蚩蚩」（音 chī chī 吃吃），滿面笑容的樣子。「之」，標誌定語（在此為形容詞「蚩蚩」）後置的語助詞，不能譯出。

(2)　「抱布貿絲」：「布」，古代指麻、葛織品。「貿」，交易，換。

(3)　「匪來貿絲」：「匪」，同「非」。

(4)　「來即我謀」：「即」，就，靠近，接近。「謀」，商量。指商量兩人結婚的事。

(5)　「送子涉淇」：「涉」，徒步渡水。整句參見〈桑中〉注釋 (12)。

(6)　「至于頓丘」：「頓丘」，似為地名，其地點諸家有異說。但依詩意，似是距女子住處不是很近的地方（參看屈萬里）。

(7) 「愆期」：誤期，故意耽誤結婚的日期。

(8) 「將子無怒」：「將」（音 qiāng 槍），發語詞，無義。

(9) 「秋以為期」：即「以秋為期」，就把秋天當做我們結婚的日期。「以……為」：把……當做。

二

(10) 「乘彼垝垣」：「乘」，登上。「垝垣」（音 guǐ yuán 鬼元），以往多解釋為「壞牆」，屈萬里引近人于省吾說云：「垝、危，古通；危，高也。」登高可以望遠，衡之詩句上下文，于說似較佳。所以此句可譯為「登上城牆高處」。

(11) 「以望復關」：「復關」歷來眾說紛紜，而似各有破綻。這裡依余冠英說法，解為「返」回「關卡」，「經過關門」。男子既住在郊野，要回到女子住處需經過關卡，這比較講得通。

(12) 「漣漣」：淚流不斷的樣子。

(13) 「載笑載言」：又說又笑。「載」：語助詞，用在句首或句中，使語句和諧勻稱。

(14) 「爾卜爾筮」：「爾」，你。「卜」，用龜甲占卦；「筮」，用蓍（音 shī 詩）草占卦。古

人遇重大事情一定會卜筮以決定可否。

(15) 「體無咎言」：「體」，卦體，也就是卜筮的結果。「咎」，兇，過；「咎言」，猶言不吉利的話。

(16) 「以爾車來」：周錫𩾃譯為「打發你的車子來」；我們決定譯為「你駕著你的車子來」。

(17) 「以我賄遷」：「賄」，財物。「遷」，搬。我帶著我的財物（嫁妝）搬到你家。

三

(18) 「桑之未落」二句：「沃若」，潤澤光滑的樣子。馬茂元（見《詩經鑒賞集》）引〈桑中〉之「期我乎桑中，要我乎上宮，送我乎淇之上矣」為例，說淇水邊確有桑林。由於從這一段開始寫的是女子被拋棄後渡淇水回家的事，詩人（女子）有可能是以眼前景象起興作比。但是，詩人現今所見之桑樹似乎已黃（見詩的下段）；所謂「未落」、「沃若」，只是設想先前的景象而已。又，周錫𩾃以為，「桑之未落，其葉沃若」與「桑之落矣，其黃而隕」係在對比女子先後之「年青貌美」與「年老色衰」。此說似有不妥，因為詩後面指出，女子從嫁到男家

到被棄回家，只有三年或好幾年（「三歲」）
而已。所謂的對比主要似乎只是詩人自己心理
上感覺到的「迷人」與否的問題。

(19) 「于嗟鳩兮」四句：「于嗟」，即「吁嗟」，
感嘆詞，猶言「唉呀！」「鳩」，鳥名。「桑
葚」（音 sāng shèn 桑慎），桑樹的果實。「耽」，
樂，沉溺於歡樂，此指沉溺於愛情。傳說鳩鳥
吃多了桑葚會醉，所以這裡藉叮嚀鳩鳥不要貪
吃桑葚，來告誡女孩不要沉溺於愛情中，以免
後悔。

(20) 「猶可說也」：「說」，即「脫」，擺脫也。

四

(21) 「其黃而隕」：它們枯黃掉落。

(22) 「自我徂爾」二句：「徂」，往；「徂爾」，
前往你家。「食貧」，猶言「過窮日子」。

(23) 「淇水湯湯」二句：「湯湯」（音 shāng shāng
商商），《毛傳》：「水盛貌」，當可從。但
應該也不致於盛大到「滔滔」（見周錫韍）的
程度，不然女主角不會坐車渡河。「漸」（音
jiān 間），浸溼。「帷裳」，車上的布幔，又
稱車衣，為婦人之車所特有（見屈萬里）。這

兩句寫的是女主角被棄返家時渡過淇水的情形。她可能回想起婚前送男子渡過淇水的事，想到淇水湯湯如故，自己愛男子如故，只是男子的感情變了，由此接到接下來的四句詩。

(24) 「女也不爽」四句：「爽」，差錯；或說改變。「貳」，「貣」的誤字，「貣」即「忒」（音 tè 特），改變也（王引之《經義述聞》說）。「行」（協韻，音 háng 杭），行為。「罔極」，猶言無良（不善，不好）；《詩經》中凡說「罔極」者都是這個意思（屈萬里說）。「二三其德」，等於說「士貣其行」。「二三」用作動詞，意為變來變去。

五

(25) 「三歲為婦」四句：「靡」，沒有。「靡室勞」，高本漢解為：「我沒有家事的勞苦（我不覺得家務太多，我甘心做事）」（見漢譯《高本漢詩經注釋》，此說蓋本於《鄭箋》）。屈萬里則說：「意謂無入室休息之時，極言其勞也。」二說皆可通。「夙興夜寐」，清晨就起床，深夜才睡覺。「靡有朝矣」，朝朝（天天）如此，不能計算了（余冠英說）。

(26) 「言既遂矣」二句：「言既遂矣」，高本漢引申朱熹注說：「遂」，成也；全句意為「我的話都做到了。即我一直守著誓約。」「至于暴矣」，你卻對我兇暴起來。

(27) 「兄弟不知」二句：「咥」（音 xì 係），笑、譏笑。「咥其」，猶咥然。兄弟不知我的悲哀，還嘻嘻哈哈地譏笑我。

(28) 「靜言思之」二句：「言」，語助詞，用於句中，使語句和諧勻稱，無義。「躬」，自身。「悼」，悲痛。我靜靜想一想，只能自己痛惜自己罷了。

六

(29) 「及爾偕老」二句：首句當是女主角回想從前與男子彼此的誓言，意為「與你一齊活到老。」次句是女子現時的感嘆，意為「說到偕老，就使我怨恨。」（見屈萬里。）

(30) 「淇則有岸」二句：「隰」（音 xí 昔），是「濕」（音 tà 踏）的誤字，古水名，即「漯」（音 tà 踏）河（聞一多說，並參看《漢語大字典》濕字條）。淇、濕二水均為黃河支流，並流經衛國境內。「泮」（音 pàn 判），邊際。二句謂淇

水有涯岸，濕水也有邊際；用以反襯自己痛苦之無邊無際。

(31) 「總角之宴」三句：「總角」，古代男女未成年前頭髮紮成兩角（兩個辮子），叫「總角」。「宴」，歡樂。「總角」句是女子憶起她小時候和男子在一起的歡樂。「晏晏」，柔和的樣子。「旦旦」，懇切的樣子（馬瑞辰說）。
「晏晏」二句說兩人那時和和氣氣有說有笑，還懇切發誓要信守愛情。

(32) 「不思其反」：猶言「你也不回頭想想當初的事。」「反」，當可理解為「原本」、「當初」。

(33) 「反是不思」二句：「是」，語助詞，用來標誌賓語前置。「反是不思」即不思其反。「已」，止也；在此猶言「罷了」、「算了」。

附論：

一、就如注釋（1）所說，詩中女主角對男子的稱呼一再改變。你能不能從詩中找出一些帶有稱呼的句子，把它們放在全詩的脈絡裡，顯示一下這些改變所透露出的女子對男子感情的複雜性？

二、我們在前面的介紹和注釋裡雖然依照傳統說法，

說女主角和男子「結婚」，其實細讀原詩，他們是不是比較像現代禮俗和法律所稱的「同居」？如果是，你認為這種關係與女子愛情生活的失敗有無關係？

三、你能不能嘗試一下用現代語言把這首詩所講的故事敘述一遍？

我來自東 零雨其濛

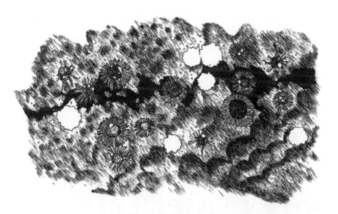

詩人在一個細雨濛濛的日子從東方踏上歸途，
一心懷念著在西方的故鄉。

東山（豳風）

一

我徂東山，慆慆不歸。

　　我來自東，零雨其濛。

我東曰歸，我心西悲。

　　制彼裳衣，勿士行枚。

蜎蜎者蠋，烝在桑野。

　　敦彼獨宿，亦在車下。

二

我徂東山，慆慆不歸。

　　我來自東，零雨其濛。

果臝之實，亦施于宇。

　　伊威在室，蟏蛸在戶。

町畽鹿場，熠燿宵行。

　　不可畏也？伊可懷也！

三

我徂東山，慆慆不歸。

　　我來自東，零雨其濛。

鸛鳴于垤，婦歎于室。

　　洒掃穹窒，我征聿至。

有敦瓜苦，烝在栗薪。

　　自我不見，于今三年。

四

我徂東山，慆慆不歸。

　　我來自東，零雨其濛。

倉庚于飛，熠燿其羽。

　　之子于歸，皇駁其馬。

親結其縭，九十其儀。

　　其新孔嘉，其舊如之何？

〈東山〉一詩一般相信是周公東征之役後一位復員戰士在歸鄉途中所寫的。在《詩經》中，此詩是精品中的精品。即使用中國歷代詩作中最高的標準來衡量，無論是在章節組織、情意表達和意象經營等文學要素上，〈東山〉詩也均屬上乘。讀這首詩，讀者唯一可抱怨的，是作品時代距今已有大約三千年之久，其中詞語、品物對今人來講比較陌生，乍讀不易索解。為了解決這個問題，我們幾乎逐字注釋了這首詩，附在本文的下面，讓讀者有足夠的憑藉可以讀懂詩的原始內容。當然，在請讀者費心推敲原詩之前，我們還是要先講講詩的大要。

這首詩一開始敘述詩人在一個細雨濛濛的日子從東方踏上歸途，一心懷念著在西方的故鄉。他製作衣裳，卸下戎裝，為過平民百姓的尋常生活做準備。而這回家的路程，十分艱辛。他一路上餐風宿露，親歷了一些很荒涼的地方和很孤淒的日子。他又擔心起家中因為自己多年不在，沒人勞動，導致蔓藤纏繞、昆蟲充斥，野獸出沒，一片破敗蕭條。接著，他想像，由於戰事已結束，妻子現在一定在家大掃除，準備迎接自己歸來。想起妻子，他又進而想起自己新婚時的一切。在回憶中，那些事物分外溫馨。他充滿期待地

自問道：新婚那時一切甜蜜美好，久別後重逢又會是怎麼樣一番景象呢？

注釋：

一

(1) 「我徂東山」二句：我前往東方（去從軍），好久好久都沒還鄉。「徂」，往。「慆慆」（音tāo tāo 滔滔），長久。「東山」或以為實指某一名為東山的山岳；屈萬里則解為「東方有山之地」，今從之。

(2) 「我來自東」二句：我從東方來，細雨濛濛然下著。「零雨」，細雨（說見高亨、余冠英）。「其濛」，即濛然。

(3) 「我東曰歸」二句：我從東方回來，我的心懷念著西方（的家鄉）。「曰」，語助詞，無義。「悲」，余冠英引《漢書‧高帝紀》「遊子悲故鄉」句（顏師古注解「悲」為「顧念」；此句也見於《史記‧高祖本紀》）為佐證，解此「悲」字為懷念、思念，今從之。

(4) 「制彼裳衣」二句：此二句寫戰爭結束，準備過日常生活，不再從事軍事活動。「制」，製作。「裳衣」，日常穿的上衣下裳（以備換掉

戎裝）。「士」，事，從事。「行枚」，「行」（音 háng 杭），橫（余冠英說）。「枚」，筷子樣的東西，橫銜於口中，行軍時可防止出聲被敵人發現。

(5)　「蜎蜎者蠋」四句：「蜎蜎」（音 yuān yuān 冤冤），蠕動的樣子。「蠋」（音 zhú 竹），蟲名，似蠶，有毒，多生在桑樹上。「烝」（音 zhēng 徵），發語辭，無義；或說，眾多的樣子。「桑野」，野外桑林。「敦」（音 duī 堆），孤獨的樣子；或說因畏寒而身體蜷縮成一團的樣子。「蜎蜎」二句說詩人看見蠋蟲在野外桑林蠕動著；「敦彼」二句則是說詩人（「彼」：那個……的人）獨宿野地，就在車底下，冷得縮成圓團團的。余冠英認為：這裡拿蠋和人對照，蠋在桑間是得其所，人在野地露宿是不得其所。我們則認為，這四句也可能只是在寫戰士（詩人）歸家途中所經歷的荒涼孤苦情境而已。四句一意，而非兩兩對照。

二

(6)　「果臝之實」二句：「果臝」（音 guǒ luǒ 果裸），爬蔓植物名，即栝樓；一名天瓜，一名黃瓜。

「實」，果實。「亦」，語助詞，無義。「施」（音yì譯），蔓延。「宇」，屋簷。栝樓藤蔓延到屋簷，果實就掛在那邊，表示植物沒有適當修剪。由此以下六句是戰士想像家中荒蕪之辭。

(7) 「伊威在室」二句：「伊威」，蟲名，類似土鼈而較小。「室」，屋裡。「蠨蛸」（音xiāo shāo消稍），長腳蜘蛛。「在戶」，在門口（結網）。

(8) 「町畽鹿場」：「町畽」（音tǐng tuǎn挺疃），高亨說：「田地劃成區，區間有界，一塊一塊的連著，古名町畽，今名畦田。此句言田地因農人出征而荒蕪，都變成鹿遊的場所了。」

(9) 「熠燿宵行」：「熠燿」（音yì yào譯要），即燐；燐，螢火，即螢火蟲的光。「宵行」，夜行，在夜間四處流動。

(10) 「不可畏也」二句：（想像中的）家中這些淒涼情景難道不令人害怕嗎？家裡真是太叫人掛懷了。「伊」，此，這個，指家裡的情況。

三

(11) 「鸛鳴于垤」二句：鸛（音guàn貫），鳥名，形似鶴，常活動於溪流近旁。「垤」（音dié

蝶），螞蟻做窩時堆在穴口的土堆，有高大如墳塚的。這兩句也是戰士想像之辭。鸛鳴有可能是在求偶，所以會使得丈夫離家數年的婦人（戰士之妻）聽了之後在屋子裡怨嘆。這手法與〈關雎〉的「關關雎鳩，在河之洲，窈窕淑女，君子好逑」有異曲同工之處。

(12) 「洒掃穹窒」二句：「穹窒」（音 qióng zhì 窮志），除去窒塞之物使空（「穹」）的意思。「征」，行，出行。「聿」，語助詞，無義。余冠英則認為，這個地方的「聿」字與〈七月〉「聿為改歲」的「聿」字都有「將」（將要）的意味。以上四句寫戰士想像家中妻子思念自己，並準備迎接自己回家（「至」）的事。

(13) 「有敦瓜苦」四句：「有敦」，即敦然，圓團團的樣子（參考前注釋 (5)「敦彼獨宿」句）。「瓜苦」，蓋指苦瓠而言（屈萬里說）。瓠就是匏瓜，這裡似指合巹（音 jǐn 僅）的匏，古人結婚行合巹之禮，以一匏分作兩瓢，夫婦各執一瓢盛酒漱口（聞一多《詩經通義》說）。「烝」：語助詞，無義。「栗薪」：陸德明《釋文》引《韓詩》作蓼薪，云：聚薪也。即束薪，可能也是古人結婚時有重大象徵意義的物品

（參考〈綢繆〉注）。這四句寫戰士懷念起他
的婚禮用品，是下段關於他的新婚的整個回憶
的引子。

四

(14) 「倉庚于飛」八句：「倉庚」，即黃鶯。「于」，
語助詞，無義。「熠燿」，鮮明的樣子。「之
子」，猶言「這人兒」，指詩人的新娘。「歸」，
出嫁。「皇駁」：「皇」，黃白色；「駁」，
馬毛色不純。「皇駁其馬」是指拉新娘座車的
馬毛色不一。「親」，指新娘的母親。「褵」
（音 lí 梨），古代女子出嫁時所繫的佩巾（佩
巾：古代女子外出時繫於腰左的拭巾）。「九
十」，多的意思。「儀」，儀式。「其新孔嘉」，
剛新婚時一切甚為（「孔」）美好（「嘉」）。
「其舊如之何」，現在久別了（「舊」：久了
以後）再在一起不曉得怎麼樣？

附論：
一、此詩描敘眼前實際景況的字句，少於想像未來及
回憶過去景況的部分。你覺得這樣的寫法是否達到較
好的效果？如果不這麼寫，你能否想像一下這首詩可

以寫成什麼樣子？

二、此詩不論描敘眼前所見或想像未來、回想過去景況，都十分細緻。你能不能各舉些例句以說明這種細緻描敘所創造出的藝術效果？

三、此詩末兩句所表現出來的情意有人說是「蓋戲語以為樂」（屈萬里）；有人說是「新娶不如遠歸」（姚際恒）。你以為詩人要表達什麼？有沒有可能是「既期待，又怕受傷害」呢？

汎彼柏舟
亦汎其流

他並非沒有酒可以澆愁，
可以帶著四處去遨遊尋樂。

柏舟（邶風）

汎彼柏舟，亦汎其流。耿耿不寐，如有隱憂。
微我無酒，以敖以遊。

我心匪鑒，不可以茹。亦有兄弟，不可以據。
薄言往愬，逢彼之怒。

我心匪石，不可轉也；我心匪席，不可卷也。
威儀棣棣，不可選也。

憂心悄悄，慍于羣小。覯閔既多，受侮不少。
靜言思之，寤辟有摽。

日居月諸，胡迭而微？心之憂矣，如匪澣衣。
靜言思之，不能奮飛。

〈柏舟〉的主題簡要地來講，就是一個「怨」字。誠如俞平伯所說，〈柏舟〉是「一首情文悱惻，風度纏綿，怨而不怒的好詩。」我們雖然無法追究詩人心懷怨懟的原因，但是詩中反反復復傾訴的詩人內心的憂傷、內心的哀怨，因為情真語切，所以至為感人。這首詩的作者是男是女、是什麼身分的人，歷來眾說紛紜，但可惜都沒有堅強的證據可以證明。我們這裡也不想多費筆墨來考究這些問題。只是為了方便起見，我們在文中一律以陽性的「他」來稱呼詩人。

詩一開頭，詩人就說因為自己有很深的，或很幽隱難言的，憂愁，因而整個晚上耿耿不安，無法入睡。他並非沒有酒可以澆愁，可以帶著四處去遨遊尋樂。只是這不能解決問題。他只能乘著柏木小舟，浮在水中，四處漂流。接著詩人點出自己憂愁的來源：他內心堅貞不移，無法隨意改變看法，迎合別人，不管好人壞人都一律容納。而這番堅持招致了許多怨恨，這些怨恨所引起的內心憂傷又找不到可以投訴的人；即使是自己的親兄弟也不例外。

詩人反省自己的行為舉止，相信自己威儀富盛，多得不可勝數；唯一沒有的，就是隨便迎合別人的個

性。由於這一點，他被眾小人所怨怒，每天憂心悄悄。他遭遇許多煩憂，受到許多霸凌。靜下來好好想時，他痛心捶胸，啪啪作響。他感嘆世間沒有光明、公義，就好像太陽、月亮經常虧蝕，不放光明一樣。他內心煩憂得感覺好像是許久沒洗的衣服一樣，污垢重重難以去除，怎麼樣都不得清淨。而可嘆自己就是無法像小鳥振翅高飛那樣，遠遠地逃離那羣是非小人。

接下去我們要談的是這首詩最出色的地方，也就是各種譬喻的運用。當詩人講自己心志堅定、不隨意迎合他人的時候，他這樣說：「我心匪鑒，不可以茹。」（我的心不像鏡子那樣，不分好人壞人都可容納）；「我心匪石，不可轉也。我心匪席，不可卷也。」（我的心不是石頭，是不可隨意轉動的。我的心不是蓆子，是不可隨時捲起來的。）當詩人在講內心憂愁之不易去除時，又用譬喻說：「心之憂矣，如匪澣衣。」（我內心的憂愁好像久久沒洗的衣服上的污垢，去都去不掉。）

這些譬喻都取自日常生活中最最平常的事物，沒有華麗的文采。由此可見，詩人是個極度樸實的人。正因為樸實，所以能情真語切，話雖然講起來不是很

漂亮，卻能觸動人心。如講到自己的心憂時說：「耿耿不寐，如有隱憂。」（我內心耿耿不安，睡不著覺，因為有著說不出的憂愁。）講到自己的無處投訴時說：「亦有兄弟，不可以據。薄言往愬，逢彼之怒。」（我也有兄弟，卻不能依賴。我去向他們投訴，只見他們大發雷霆。）講到自己的委屈受辱時說：「憂心悄悄，慍于羣小。覯閔既多，受侮不少。」（心裡憂傷極了，被一大羣小人所怨怒。我遭逢很多苦難，我受到不少霸凌。）

如果拿〈柏舟〉與〈離騷〉中寫同樣感情的部分作比較的話，可說前者沒有後者的華麗文采和奔放的想像力，但在情真語切一點上則不遑多讓。而且，正因為〈柏舟〉的樸實，其作者似乎更引人憐憫同情。不知讀者以為如何？

注釋：

(1) 「汎彼柏舟」二句：「汎」（音 fàn 飯），同「泛」，本義為漂浮、浮游。這裡指乘舟浮行。二句譯為白話，如說：「乘著那柏木舟漂浮著，漂浮在水流上。」「亦」，馬瑞辰說：「《詩（經）》中亦字，有上無所承，只作語詞者。如此詩『亦泛其流』及〈周頌‧有客〉詩『亦白

其馬』之類皆是。」

(2) 「耿耿不寐」二句:「耿耿」,不安的樣子。
指心事重重,煩燥不安。「不寐」,睡不著覺。
「如」:義同「而」,連接詞。「隱憂」之「隱」
字《齊詩》和《韓詩》作「殷」,義為「大」
(見王先謙)。《楚辭·嚴忌·哀時命》:
「懷隱憂而歷茲。」王逸注說:「如遭大憂,
常懷戚戚……」也是解「隱」為「大」。但《呂
氏春秋·貴生篇》高誘注說:「隱,幽也。
《詩》曰:『如有隱憂。』」依此,「隱憂」
就是幽微難言的憂愁。這說法也通。

(3) 「微我無酒」二句:「微」,非,不是。「敖」,
游嬉,閑遊。二句說:我並不是沒有酒可以澆
愁,可以帶著四處去嬉遊。(只是喝酒也解決
不了問題。)

(4) 「我心匪鑒」二句:「匪」,非,不是。「鑒」,
同「鑑」,青銅器名。古人盛水於鑑,用來照
影。戰國以後大量製作青銅鏡照影,也稱為鑑。
「茹」,《方言》卷七:「茹,食也。」又〈大
雅·烝民〉:「柔則茹之,剛則吐之。」據其
上下文看,《鄭箋》亦解「茹」為吞食之意。
影子進入鑑中,就如食物進入口中,沒有不容

納的，所以詩人把銅鑑之容納百物比喻為嘴巴（口）之吃（茹，食）各種東西，而《韓詩》則更把吃（茹）引申為「容」（納）。（按：以上從〈大雅‧烝民〉以下大致上參考王先謙的說法。）所以後來歐陽修就引申《韓詩》意旨，把這兩句解釋為：我的心不能不分善惡，一一容納（參考俞平伯，頁 77-78）。

(5) 「不可以據」：「據」，依靠、依賴。

(6) 「薄言往愬」：「薄言」，語首助詞，無義。「愬」（音 sù 素），義同「訴」，告訴。

(7) 「我心匪石」二句：意謂我的心不是石頭，石頭可轉動而心則不可轉動（參見屈萬里）。

(8) 「我心匪席」二句：「席」，同「蓆」。「卷」，即「捲」。二句是說，我的心不像蓆子（那樣），要捲起來就可捲起來。

(9) 「威儀棣棣」二句：「威儀」，有各種解釋，這裡依《漢語大詞典》，解釋為莊重的儀容、舉止。「棣棣」，《毛傳》解為「富而閑習也。」現代各種大詞書多解為「雍容閑雅貌。」這是只就《毛傳》的後半在解釋。我們則認為，由於下句「不可選也」意思是數也數不清，「棣棣」似應只依《毛傳》的前半解釋為「富」，

也就是「多」、「盛」的意思。(《毛傳》這種
原本解釋合理，卻因缺乏自信，又畫蛇添足的
情形，可參見〈將仲子〉注釋 (2) 引俞樾說。)
「選」，應解釋為「算」，依據有二：一、有
證據顯示，魯、齊、韓三家詩「選」有做「算」
的 (見王先謙)。二、《毛傳》解「不可選也」
為「不可數也」，也是解「選」為「算」。「選」
乃是「算」的假借字 (見屈萬里)。整個「威
儀」二句的意思是：我有莊重的儀容和舉止，
多到數也數不清。

(10) 「憂心悄悄」二句：「憂心」，心中憂傷。「悄
悄」，憂愁的樣子。「慍」(音 yùn 運)，怨
怒。「慍于羣小」，被眾小人所怨怒。

(11) 「覯閔既多」：「覯」(音 gòu 夠)，遭遇。
「閔」(音 mǐn 敏)，《毛傳》：病也。「病」
有艱難困苦的意思。

(12) 「靜言思之」二句：「靜言」，靜然、靜靜地。
為方便起見，「寤辟」句先由「有摽」解釋起。
「摽」(音 biào 鰾)，當理解為「嘌」(piāo 飄)；
「有嘌」猶如說「嘌然」，模擬拍擊的聲音 (見
屈萬里引聞一多《詩經通義》)。這裡「有摽」
乃是拍胸的聲音 (見高亨)。「辟」，拍胸。

「寤」字通常解釋為「覺醒」、「醒來」。但是這裡上句是「靜言思之」，也就是「靜靜地仔細想想」；如果接下來說「醒來」怎樣怎樣，前後語義似有不通。屈萬里懷疑這個「寤」字或許是個語助詞，又舉〈小雅・大東〉「契契寤歎」的「寤」字，認為可能也用為語助詞。這裡我們暫時採取他的說法。如此一來，「寤辟有摽」就是（因悲憤而）拍胸拍得啪啪作響的意思。

(13)　「日居月諸」二句：「居」、「諸」都是語氣助詞。「日居」句猶如說：「太陽呀！月亮呀！」「胡」，何，為什麼。「迭」（音 dié 蝶），更迭、輪換。「微」，指日、月蝕。全句是說詩人感嘆太陽、月亮為什麼會輪替著虧蝕。另《韓詩》「迭」或作「臷」（音 dié 蝶），說：「臷，常也。」（見王先謙）。依此，詩人感嘆的是太陽、月亮為何常常虧蝕。日月虧蝕則人間沒有光明。本詩中詩人極力感嘆世間沒有公義，自己受盡霸凌委屈。因此，他所感嘆的似乎不只是日、月會更迭虧蝕，而是日、月「常常」虧蝕無明。全句似以依《韓詩》解釋為佳。

(14)　「如匪澣衣」：「澣」（音 huǎn 緩），洗濯。

「心之憂矣」二句是說內心充滿憂傷，彷彿許久沒洗、充滿污垢的衣服難以洗淨一樣，無論如何憂傷都無法祛除。

(15) 「不能奮飛」：不能像鳥兒振奮羽翼飛走那樣地遠離是非小人。

一之日觱發
二之日栗烈

各種生活大事，
如採桑養蠶、
畋獵習武；
或平常瑣事，
如吃什麼果子、
什麼菜羹等，
無不細細陳述。

七月（豳風）

一

七月流火，九月授衣。一之
日觱發，二之日栗烈。無衣
無褐，何以卒歲？三之日于
耜，四之日舉趾。同我婦
子，饁彼南畝，田畯至喜。

二

七月流火，九月授衣。春日
載陽，有鳴倉庚。女執懿
筐，遵彼微行，爰求柔桑。
春日遲遲，采蘩祁祁。女心
傷悲，殆及公子同歸。

三

七月流火，八月萑葦。蠶月
條桑，取彼斧斨，以伐遠
揚，猗彼女桑。七月鳴鵙，
八月載績，載玄載黃，我朱
孔陽，為公子裳。

四

四月秀葽，五月鳴蜩。八月
其穫，十月隕蘀。一之日于
貉，取彼狐狸，為公子裘。
二之日其同，載纘武功，言
私其豵，獻豜于公。

五

五月斯螽動股，六月莎雞振羽。七月在野，八月在宇，九月在戶，十月蟋蟀入我床下。穹窒熏鼠，塞向墐戶。嗟我婦子，曰為改歲，入此室處。

六

六月食鬱及薁，七月亨葵及菽，八月剝棗，十月穫稻。為此春酒，以介眉壽。七月食瓜，八月斷壺，九月叔苴。采荼薪樗，食我農夫。

七

九月築場圃，十月納禾稼。
黍稷重穋，禾麻菽麥。嗟我
農夫，我稼既同，上入執宮
功。晝爾于茅，宵爾索綯，
亟其乘屋，其始播百穀。

八

二之日鑿冰沖沖，三之日納
于凌陰，四之日其蚤，獻羔
祭韭。九月肅霜，十月滌
場。朋酒斯饗，曰殺羔羊。
躋彼公堂，稱彼兕觥，萬壽
無疆。

〈七月〉是《詩經‧國風》中最長的詩，分八段，每段十一句，共八十八句。寫的是豳地農民一年四季的勞動和生活情況。豳也作邠，在今中國陝西省栒（xún 詢）邑縣一帶。學者周錫䪸說：「全詩有如一幅色彩絢爛的巨型壁畫，無論是人物的刻劃或景物的描繪，都令人感到栩栩如生。」

清人鄭板橋曾寫了四首描敘農民生活的〈滿江紅〉詞，題為〈田家四時苦樂歌〉（見附錄）。我們特別拿這組詞來和〈七月〉做比較，來突顯〈七月〉在內容和形式上的特色。

就內容而言，鄭板橋用四首詞寫一年四季的農家生活，都是前半首苦，後半首樂。〈七月〉則大部分段落都苦樂雜陳，而且在細節上豐富精緻得多，各種生活大事，如採桑養蠶、畋獵習武、或平常瑣事，如吃什麼果子、什麼菜羹等，無不細細陳述。

就形式而言，鄭詞四首是由春及冬，循序漸進。〈七月〉則雖然大致上也有一條由春及冬的線索在，各段卻錯落有致、突兀奇崛。例如：這首詩的首段不由開春寫起，卻由暑意始消而涼秋將至的陰曆（即夏

曆）七月寫起，一路經過寒冬寫到隔年春初下田務農的二月。第二段才由正面集中寫陽春三月採桑採蘩的事。第三段在重複寫採桑之後，就跳到七月伯勞啼、八月紡織成的事。到了第四段則由四月遠志開花開始，一路寫到年底的畋獵、習武。

有些讀者或許會以為這種寫法是初民寫作手法不成熟的表現，我們則不這麼想。衡諸〈國風〉其他篇章在敘事上的整然有序，尤其是同屬〈豳風〉的長詩〈東山〉在寫作手法上的嚴整圓熟，我們毋寧相信〈七月〉裡這種貌似零亂的敘事方式是刻意安排的，其目的就在造成上文所說的錯落有致、突兀奇崛的效果。

其次，〈七月〉的句式安排更是騰挪變化、詭譎難測。例一，詩中記敘一年中事，從夏曆（即陰曆）四月到十月都稱「某月」如何如何。如「四月秀葽，五月鳴蜩」、「六月莎雞振羽」、「七月在野，八月在宇，九月在戶，十月蟋蟀入我床下」等，但從十一月到隔年二月的四個月，詩人就不用夏曆，而改用周曆記月。因為周曆正月正是夏曆十一月，所以從十一月數起，稱「一之日」、「二之日」、「三之日」、「四之日」。（雖然我們現在也陽曆、陰曆並用，但

也只在某些陰曆節日或節氣時用陰曆稱呼，如八月十五中秋、十二月底除夕。因此，〈七月〉中這麼寫恐怕不純是當時夏、周曆並用的結果。）我們認為，詩人可能意在造成韻律上的變化。避免千篇一律地說「十一月于貉」、「十二月其同」，而改說「一之日于貉」、「二之日其同」，讀起來的確有比較活潑、跳脫的感覺。還有很妙的一點是詩中不見「三月」一語，而是在第三段中用「蠶月」來替代，因為蠶月（養蠶之月），就是夏曆三月。

例二，詩中四字句、五字句、六字句、七字句、八字句錯落使用，其中有兩個四字句又可以斷成一字一句唸出（即第七段的「黍、稷、重、穋，禾、麻、菽、麥」）。這樣錯落有致的變化對詩的語氣和感情強度所造成的調節功能，讓我們不禁想起李白來。李白是後代五、七言詩定於一尊之後唯一一位擅長句式之騰挪變化的詩人。讀者讀讀看李白的〈遠別離〉、〈日出入行〉、〈鳴皋歌送岑徵君〉等著名的雜言詩，就可發現〈七月〉與李白雜言詩在句式上的驚人共通點來。相形之下，鄭板橋的〈田家四時苦樂歌〉因為是詞，字句受到格律的嚴格固定限制，雖然同樣寫得很好，就不免顯得平直了些。

因此，我們讀〈七月〉，不單能看到一幅多彩多姿的周初農民生活壁畫，更能讀到一般人意料之外的高明詩歌技巧。整體來說，〈七月〉是首令人驚豔的詩，願讀者好好去咀嚼。為了幫助讀者充分掌握詩歌的內容，不受詩句表面的長與難所困，我們對全詩字句，包括必要的字句間的脈絡，都作了簡明的注解。讓我們一起進入〈七月〉的奇幻之旅吧。

注釋：

一

(1)　「七月流火」：「七月」指夏曆（就是現在的陰曆）七月。「火」，星宿名，一稱大火，就是心宿。夏曆五月黃昏，「火」見於中天，到七月的黃昏，則此星位置由中天逐漸向西降，所以稱「流火」（流，下行、下趨的意思）。這標誌著暑熱漸退而秋天將至的時節。

(2)　「九月授衣」：九月裡授予婦女製作冬衣的工作。九月開始結霜（表示天氣冷了下來），在另一方面，這時婦女製作絲布麻布的工作已完成，所以可以開始做衣服了（合用《毛傳》及馬瑞辰說）。

(3)　「一之日觱發」：「一之日」指周曆的正月，

即夏曆的十一月。「觱發」（音 bì bō 必玻），擬聲詞，形容風聲。十一月裡強風颳得畢畢剝剝響。（在本詩裡，凡是稱「某月」都是指夏曆，凡是稱「某之日」都是指周曆。）

(4) 「二之日栗烈」：周曆二月，夏曆十二月裡，寒氣凜冽。栗烈（音 lì liè 立裂），寒冷。

(5) 「無衣無褐」二句：「褐」（音 hè 賀），獸毛或葛製成的粗短衣。「卒」，盡，終。「卒歲」，挨過這一年。這兩句是虛擬句，意思是說：假如沒有衣和褐，要如何（順利過冬）挨過這一年？

(6) 「三之日」二句：「于」，為也，即修（修理，修治）（馬瑞辰說）。「耜」（音 sì 四），古代耕田的農具。「趾」（音 zhǐ 只），即足（人體踝骨以下的部分）。「舉趾」，謂舉足踏耜，即從事耕作。

(7) 「同我婦子」三句：和我老婆孩子一齊送飯給在山南田裡的人；田官來到那裡，見了很歡喜。「饁」（音 yè 葉），送飯給在田中工作的人。「南畝」：田地一般在山南向陽的地方，所以稱為「南畝」。「田畯」（音 jùn 俊），田官，管理農夫耕田事宜的官。

二

(8) 「春日載陽」二句:「春日」,春天的日子。「載」,語助詞,無義。「陽」,和暖。「有」,句首助詞,無義。「倉庚」,即黃鶯。

(9) 「女執懿筐」三句:「執」,持、拿著。「懿筐」,深筐。「遵」,循著,沿著。「微行」(音háng 杭),小路。「求」,尋取。「柔桑」,嫩桑。

(10) 「春日遲遲」二句:「遲遲」,陽光和暖光線充足的樣子。另《毛傳》解為「舒緩也」;屈萬里採其說,並補充說:「春日漸長,故云(遲遲)。」此說重在強調春天白天漸長一點。「蘩」(音fán 凡),就是白蒿。「祈祈」,眾多的樣子。採桑是為養蠶,這很清楚。那採蘩又為了什麼呢?《毛傳》說:「白蒿,所以生蠶。」馬瑞辰引何楷《毛詩世本古義》引明代科學家徐光啟《毛詩六帖講意》的話說:「蠶子之未出者,煮蘩沃之則易出。」(蠶卵未孵化的,煮蘩加以浸泡就易孵化。)

(11) 「女心傷悲」二句:「公子」,或說古代泛稱諸侯之子為公子;或說稱富貴人家的子弟。二句較常見的解釋有兩種:其一如屈萬里說:「殆,

猶將也，可能之詞（按：表示可能性的字眼）。及，猶與也。其意蓋恐豳公子強與之俱歸也。」也就是說，女子內心傷悲，因為怕可能被豳公子強迫一齊帶回去。或改用「公子」的另一定義，解釋為怕被公子哥兒（富貴人家子弟）強迫帶回去。其二如《鄭箋》說：「春女感陽氣而思男……是其物化（按：蓋指受到大自然變化的影響），所以悲也。悲則始有與公子同歸之志，欲嫁焉。」簡單說，就是春天到了，女子思春，想找個公子嫁給他。「殆」字可依王先謙解為「庶幾」，也就是「也許可以」。我們比較推薦第二種解釋。

三

(12) 「八月萑葦」：「萑葦」（音 huán wěi 環偉），「萑」是一種蘆類植物，「葦」即蘆葦；這裡當是作動詞用，謂割取萑葦。萑葦可用來做蠶箔（養蠶的器具，圓形或長方形，平底）。

(13) 「蠶月條桑」三句：「蠶月」，養蠶之月，也就是夏曆三月。「條」，《韓詩》作「挑」（見王先謙）。「挑」，取也。《鄭箋》說：「條」是「枝落之采其葉」，與《韓詩》相近。「斧斨」

（音 fǔ qiāng 府槍），凡斧頭之屬，受柄之孔為橢圓形的叫斧，為方形的叫斨。「伐」，砍伐。「遠揚」，桑樹枝長得遠的和高高揚起的。

(14) 「猗彼女桑」：「猗」（音 yǐ 乙），「掎」的假借字，束而採之的意思。「女桑」，小桑、嫩桑。

(15) 「七月鳴鵙」二句：「鵙」（音 jué 決），鳥名，即伯勞。「績」，紡（把各種紡織纖維製成紗或線），這裡蓋泛指紡織之事。

(16) 「載玄載黃」三句：「玄」，黑色。「朱」，正紅色。玄、黃、朱都是指染絲之色。「孔陽」，十分鮮豔。「為公子裳」，給公子做衣服。

四

(17) 「四月秀葽」二句：「葽」（音 yāo 腰），草名，或以為即是遠志。「秀」，本指禾類植物開花，引申為草木開花的通稱。王先謙引《韓詩》說：「葽草如出穗。」（穗：穀類，也就是禾類，花實結聚成的長條，如：稻穗。）這或許是稱葽草開花為「秀」的主因。「蜩」（音 tiáo 條），蟬。

(18) 「八月其穫」二句：「穫」，收穫作物。「隕蘀」

（音 yún tuò 雲拓），草木皮葉落地叫「蘀」；「隕」，落。

(19) 「一之日于貉」三句：「一之日」句，十一月出去打獵。「于」，往也，去也。「貉」（音 hé 何），獵也。貉為獵祭，故稱獵為「貉」（屈萬里說）。「裘」，（音 qiú 求），毛皮衣服。

(20) 「二之日其同」二句：「其」，語助詞，無義。「同」，會合也。謂冬日畋獵大合眾也（馬瑞辰說）。「纘」（音 zuǎn 纂），繼續。「武功」，武事。古代把狩獵與軍事訓練結合起來，所以這麼說。

(21) 「言私其豵」二句：一歲的小豬私人保留，三歲的大豬則獻給公家。「言」，句首助詞，無義。「私」，謂私有之。「豵」（音 zōng 宗），一歲的豬。「豜」（音 jiān 間），三歲的豬。「公」，公家。這兩句講的是冬令狩獵後處理獵獲物的情形。我們感到疑惑的是：為何提到的獵獲物只有大大小小的豬？周錫韍認為，「豵」和「豜」可以泛指小的和大的野獸，可備一說。

五

(22) 「五月斯螽動股」二句：「斯」，語助詞（馬

瑞辰說）。「螽」（音 zhōng 中），蝗類小蟲，能以股（腿）擦翅作聲，故稱「動股」。「莎（音 suō 縮）雞」，蟲名，俗稱紅娘子；或說，即紡織娘。未詳孰是。「振羽」，振動其羽（翅）作聲。

(23) 「七月在野」四句：這四句講的都是蟋蟀。「在野」，在野外。「在宇」，在屋簷下。「在戶」，在門口。

(24) 「穹窒熏鼠」四句：「穹」（音 qióng 窮），空；「窒」（音 zhì 至），塞。大概是指掃除時把牆角或牆壁中阻塞之物除去，使變空暢。「熏鼠」，用煙火熏鼠穴，迫使老鼠逃去。「塞向」，「向」，北向的窗牖，塞之以禦寒（冬天多颳北風）。「墐戶」（音 jǐn hù 錦戶），「墐」，用泥塗抹。古代窮人以竹、木編成門戶，縫隙多，所以冬天必須以泥塗抹，以避風寒。「嗟」（音 jiē 街），嘆詞。「曰」，《漢書・食貨志》引「曰」作「聿」，「聿」有「將」的意思；參〈東山〉注 (12)。「改歲」，過年（改換舊年）。這四句寫農夫在家中做過冬的準備。農忙時他們在場上露宿，冬季才搬回屋裡住（「入此室處」）。

六

(25) 「六月食鬱及薁」二句:「鬱」,果木名,即鬱李,果小而酸。「薁」(音 yù 玉),植物名,俗稱野葡萄。「亨葵及菽」,「亨」,烹的古字。「葵」,菜名。「菽」(音 shū 書),豆類的總稱。

(26) 「八月剝棗」四句:「剝」,《毛傳》:擊也。王先謙說:「剝者,扑(按:音 pū,同扑,擊也)之雙聲借字。棗須擊取,杜甫詩「堂前撲(同扑)棗任西鄰」是也。」(杜甫詩句出自〈又呈吳郎〉。)「十月穫稻」,十月收穫稻穀。「為此春酒」,似乎指穫稻後以稻米釀造春酒。春酒又稱凍醪,是經冬釀成的酒。「以介眉壽」,喝春酒以求高壽。「介」,與「匄」(音 gài 蓋)聲通義同,乞求也。「眉壽」,高壽。高年者每有豪眉(長眉、濃眉),故云。

(27) 「七月食瓜」三句:「斷壺」,「壺」同瓠(音 hù 戶),即葫蘆瓜;「斷」,斷其蒂而取之。「叔苴」,「叔」,拾也;「苴」(音 jū 居),蔴子,可供羹菜。

(28) 「采荼薪樗」二句:「荼」,苦菜。「樗」(音

shū 書），木名，俗謂之臭椿，木質粗劣；「薪
樗」，採樗為薪。「食我」句，供養我們農夫。

七

(29) 「九月築場圃」四句：「場圃」，在菜園修的
打穀場，春夏作菜園（稱為「圃」），秋後作
打穀「場」。「納禾稼」，「納」，收納。「禾
稼」，朱熹說：「禾之秀實而在野曰稼」（禾
類開花結實了而仍然在野外沒有收割叫稼）。
或說：泛指各種莊稼。「黍」，俗稱黃米。「稷」，
中國古老的食用作物，或謂係黍的一個變種。
一般常指桿上無毛、散穗、子實不黏或黏性不
及黍者為稷。「重」，同穜（音 tóng 同），早
種晚熟的穀物。「穋」，同稑（音 lù 陸），晚
種早熟的穀物。「禾」，本為穀類的總稱，這
裡專指小米（馬瑞辰說）。

(30) 「嗟我農夫」三句：「同」，聚。「上」，尚
且。「執」，從事。「宮功」，「功」，事、
工作。古代通謂民室（一般民眾的居室）為宮，
因此稱民室中事為宮事（馬瑞辰說，其說與《鄭
箋》通）。

(31) 「晝爾于茅」二句：「爾」，語助詞。「于」，

為也、修也。「于茅」蓋指修整茅草。古代貧困人家房子屋頂常覆蓋茅草，由杜甫〈茅屋為秋風所破歌〉可見。「宵」，晚上。「索綯」，絞扭（搓製）繩子。

(32) 「亟其乘屋」二句：「亟」（音 jí 集），急也。「其」，語氣詞，無義。「乘」，屈萬里引《說文》說：「乘，覆也。」（朱傳同此）並引申說:「乘屋，謂以茅覆屋也。」有人認為:「乘」，本義為升、為登，引申為「加（於）其上」；《說文》訓為「覆」，即「加其上」之意。「其始播百穀」，（因為不久之後就）將開始播種種穀物的種子（不再有空修治房屋了）。「其」，將然之詞。

八

(33) 「二之日鑿冰沖沖」二句：「沖沖」，鑿冰的聲音。「納于凌陰」，藏放在冰室（冰窖）裡。把鑿下來的冰藏進冰窖，以便夏天使用。

(34) 「四之日其蚤」，「蚤」同「早」。早起以便舉行祭祖儀式（朱熹說）。「獻羔祭韭」，用羔羊、韭菜獻祭。

(35) 「九月肅霜」二句：「肅霜」，氣肅而霜降也

（朱熹說）。「滌場」，「滌」，清掃。十月場事（場上的事，如打穀、曬穀）已畢，故清掃之。

(36) 「朋酒斯饗」二句：「朋」，兩也；「朋酒」，兩罈酒。「斯饗」，「斯」，猶「是」也（王引之《經傳釋詞》說），用來表示賓語前置。「饗」，宴飲。這句整句是說：設酒宴飲用兩罈酒。「曰」，爰也，於是；或說用於使語句和諧勻稱，無義。

(37) 「躋彼公堂」三句：「躋」（音 jī 基），升，登上。「公堂」，國君的大廳堂，用來宴飲、議事的。「稱」，舉（杯敬酒）。「兕觥」（音 sì gōng 四公），兕（野牛）首形的青銅大酒杯。「萬壽」，萬歲、高壽。「無疆」，無窮盡、無止境。

附論：

一、你對現代台灣的農民生活了解多少？它與〈七月〉中所描敘的周初豳地農民生活有何異同？

二、你覺得〈七月〉有刻意強調農民生活之苦或樂的跡象嗎？如果有，它強調的是哪一面？苦還是樂？

附：

鄭板橋　滿江紅　（田家四時苦樂歌）

細雨輕雷，驚蟄後和風動土。正父老催人早作，東畬南圃。夜月荷鋤村吠犬，晨星叱犢山沉霧。到五更驚起是荒雞，田家苦。　疏籬外，桃華灼；池塘上，楊絲弱。漸茅檐日暖，小姑衣薄。春韭滿園隨意剪，臘醅半甕邀人酌。喜白頭人醉白頭扶，田家樂。

麥浪翻風，又早是秧鍼半吐。看壠上鳴槔滑滑，傾銀潑乳。脫笠雨梳頭頂髮，耘苗汗滴禾根土。更養蠶忙殺採桑娘，田家苦。　風盪盪，搖新篛；聲淅淅，飄新籜。正青蒲水面，紅榴屋角。原上摘瓜童子笑，池邊濯足斜陽落。晚風前箇箇說荒唐，田家樂。

雲澹風高，送鴻雁一聲淒楚。最怕是打場天氣，秋陰秋雨。霜穗未儲終歲食，縣府已索逃租戶。更爪牙常例急於官，田家苦。　紫蟹熟，紅菱剝；桃桔響，村歌作。聽喧填社鼓，漫山動郭。挾瑟靈巫傳吉兆，扶藜老子持康爵。祝年年多似此豐穰，田家樂。

老樹槎枒，撼四壁寒聲正怒。掃不盡牛溲滿地，糞渣當戶。茅舍日斜雲釀雪，長隄路斷風和雨。儘村舂夜

火到天明，田家苦。　草為榻，蘆為幕；土為銼，瓢為杓。砍松枝帶雪，烹葵煮藿。秫酒釀成歡里舍，官租完了離城郭。笑山妻塗粉過新年，田家樂。

淺談歷來對《國風》中愛情詩的詮釋

　　兩、三千年來，人們對《國風》中各詩篇，尤其是愛情詩的理解與詮釋，真可說是眾說紛紜，讀起來簡直令人頭暈目眩。早在春秋時候，《詩經》就廣被政治人物引用做為各國交往折衝時的外交辭令。這種做法，甚至發展出官場上吟誦詩歌以表達意見的傳統。

　　我們用下面這個例子，來說明當時「斷章取義」、「賦詩言志」的風氣是如何地流行。〈召南‧野有死麕〉說：

　　野有死麕，白茅包之。有女懷春，吉士誘之。
　　林有樸樕，野有死鹿，白茅純束。有女如玉。
　　舒而脫脫兮，無感我帨兮，無使尨也吠。

《左傳》裡有一段和本詩相關的有趣記載：魯昭公元年（公元前五四一年），晉國執政大夫趙孟到鄭國去，鄭侯設宴招待。席間，鄭大夫子皮吟誦了〈野有死麕〉的末章。晉朝杜預的《左傳》注說，這是鄭侯開

導趙孟，希望他以恩義幫助諸侯，而不是逾越禮節地加以霸凌。因此，〈野有死麕〉末章被鄭侯賦予了新的意義，意思是說：你晉國不要對我們動手動腳（感我悅），以免引起楚國干預（尨也吠）。趙孟明白此意，於是吟誦《小雅》的〈棠棣〉，即〈常棣〉，這樣一首申述兄弟應該互相友愛的詩，點出晉、鄭都是姬姓之國，義同兄弟。並且保證說：「吾兄弟比以安（我們兄弟親密安好），尨也可使無吠！」趙孟借用〈棠棣〉詩中「凡今之人，莫如兄弟」句意，也就是當今的人豈有親愛如兄弟的呢，暗示鄭國應親晉國，只要晉、鄭相親，楚國就沒有理由來插手干預。兩位政治人物就這樣借詩喻意，進行了一場外交談判。

這種借用《詩經》的情形與理解《詩經》雖非全無關係，卻談不上研究與詮釋。戰國時也沒聽說有研究、詮釋《詩經》的事。但是《荀子‧大略》篇有一句話說：「《國風》之好色也……。」這句話很重要，因為它顯示了當時儒家巨擘荀子已將《國風》中至少部分篇章定調為愛情詩。我們可以推想，從荀子的角度，〈野有死麕〉應該會被解釋為愛情詩。

然而，從西漢時期開始，當中國學者開始將《詩

經》當做「研究」對象看待時，以解釋《詩經》出名的齊、魯、韓、毛四家便都將《詩經》作為發揮他們政治觀點的材料，因此《國風》中的愛情詩便都被貼上政治諷諭詩的標籤。齊、魯、韓三家詩已亡佚，這裡姑且不去討論。我們只說《毛詩》。以〈野有死麕〉為例，《毛詩》說：

〈野有死麕〉，惡無禮也。天下大亂，彊暴相陵，遂成淫風。被文王之化，雖當亂世，猶惡無禮也。（《傳》曰：）無禮者，為不由媒妁，鴈幣不至，劫脅以成昏，謂紂之世。

（「鴈幣」即雁幣，雁與幣帛，古時用為婚嫁時之聘儀。「昏」，即婚。）

引文前半段是〈詩序〉。〈詩序〉是《毛詩》各詩開頭闡說詩旨的一段序文，作者是誰、作於何時至今都無定論。後半段出自《毛詩》的解詩文字，也就是學者所通稱的《毛傳》。讀者應該不難看出，〈詩序〉、《毛傳》兩者互相呼應（後者有解釋前者之意），都把詩與政治教化扯在一起。東漢時鄭玄（127-200）給《毛傳》作《箋》，依然承襲這種做法。這種解詩的方式流行了很久，直到宋朝才受到嚴厲的挑戰。

宋代挑戰〈詩序〉的始自北宋的歐陽修（1007-
1072）、蘇轍（1039-1112）等人，但影響最大的當
推南宋的朱熹（1130-1200）。朱熹去世後，他所著
的《詩集傳》大為流行，歷經元明兩朝，沒人能夠與
他抗衡。《詩集傳》雖然有時會提及毛、鄭說法，但
解詩時多半以己意為依歸，力求直探《詩經》本意。
因此，其說往往與〈詩序〉、《毛傳》不同。儘管如
此，朱熹還是把涉及愛情的詩大都說成是「男女淫佚
之詩」。他講〈野有死麕〉，就說成是「南國被文王
之化（召南接受周文王教化），女子有貞潔自守，不
為強暴所污者。故詩人……美之。」一派道學口吻，
幾乎與〈詩序〉、《毛傳》同調。

　　到了清朝，研究《詩經》的主要有兩派。一派
以從較開放的角度推原詩旨為主，重要的有姚際恆
（1647-約1715）的《詩經通論》和方玉潤（1811-
1883）的《詩經原始》。姚書雖成於方書之前，然我
們實際閱讀的結果，發現其開明之見似乎要多過方
書。姚氏論〈野有死麕〉時說：

此篇是山野之民相與及時為昏（婚）姻之詩……。
總而論之，女懷、士誘，言及時也；吉士、玉女，

言相當也。定情之夕，女屬（囑）其舒徐而無使
帨感、犬吠，亦情慾之感所不諱也歟？

比起〈詩序〉、毛、朱，實在合理多了。但是，雖然
合理許多，卻還是要戴頂「及時為昏姻」的大帽子，
不敢直言係男女青年在野外幽會。

　　清代研究《詩經》的另一派是字句考據派。這一
派投入的人極多，其專門或部分研究《詩經》的著作
有突出建樹的也極多。馬瑞辰（1782-1853）的《毛
詩傳箋通釋》、王先謙（1842-1917）的《詩三家義
集疏》、俞樾（1821-1906）的《群經平議》、王引
之（1766-1834）的《經義述聞》等都是好的例子。《毛
傳》、《鄭箋》在講詩旨時雖受囿於〈詩序〉，穿鑿
附會，其負面影響甚至偶而及於解釋字句的部分。但
其解釋字句的文字由於較接近《詩經》時代，有參考
價值的還是不少。另外，齊、魯、韓三家詩雖已亡佚，
其散見於古籍的佚文在訂正《毛詩》訛誤或幫助解明
《毛詩》疑難字句的工作上卻仍可發揮極大的功能。
清人考據的成果有一大部分就是建立在充分利用這兩
類材料而得的。而這些成果對於了解《國風》中愛情
詩的字句極有助益。

近人因為生活於思想解放的環境裡，講解詩旨或考證詩句往往有較開明新穎的觀點。例如聞一多（1899-1946）的《風詩類鈔》、《詩經通義》，屈萬里（1907-1979）的《詩經詮釋》，余冠英（1906-1995）的《詩經選》，都是好例子。至此《國風》愛情詩的真面目大致上才都能沒有遮掩地面對世人。例如：余冠英說〈野有死麕〉是「寫叢林裡一個獵人，獲得了獐和鹿，也獲得了愛情。」這還不夠直率。高亨（1900-1986）《詩經今注》更說此詩：「寫一個打獵的男人引誘一個漂亮的姑娘，她也愛上了他，引他到家中相會。」這和本書對此詩的詮釋算是大同小異了。

　　最後我們把本書引用到的關於《詩經》的著作分漢、唐、宋、清、近代五個時期表列出來，以供讀者參考：

漢代
《毛傳》
《鄭（玄）箋》

唐代

陸德明《經典釋文》，簡稱《釋文》

宋代

歐陽修《詩本義》

朱熹《詩集傳》

清代

方玉潤《詩經原始》

馬瑞辰《毛詩傳箋通釋》

王先謙《詩三家義集疏》

王引之《經傳釋詞》

　　　　《經義述聞》

魏源　《詩古微》

姚際恆《詩經通論》

俞樾　《群經平議》

近代

高本漢《漢譯高本漢詩經注釋》

高亨　《詩經今注》

馬茂元　收於《詩經鑑賞集》

屈萬里《詩經詮釋》

聞一多《風詩類鈔》

《詩經通義》

余冠英《詩經選》

俞平伯《論詩詞曲雜著》

周錫䪖《詩經選》

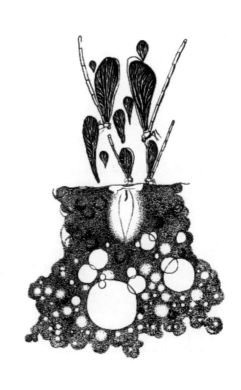

國家圖書館出版品預行編目 (CIP) 資料

深淺讀詩經：古今彈同調，詩經裡的情歌 / 施逢雨著.
-- 初版. -- 新北市 :斑馬線, 2016.09
　面 ；　公分

　ISBN 978-986-93375-2-6 (平裝)

　1. 詩經 2. 注釋

831.12　　　　　　　　　　　　　　　105015550

深淺讀 詩經

古今彈同調，詩經裡的情歌

作　　　　者	施逢雨
責 任 編 輯	沈婉霖
文 字 編 輯	黃淑芬
封 面 設 計	黃淑芬
封 面 題 字	呂秀玲
插　　　　圖	Dami
發 　 行 　 人	洪錫麟
春 天 寫 作	劉承慶
斑 馬 線 文 庫	張仰賢
製　　　　作	春天寫作股份有限公司
出 　 版 　 者	春天寫作股份有限公司
	斑馬線文庫有限公司
總 經 銷	楨德圖書事業有限公司
地　　　址	新北市新店區寶興路 45 巷 6 弄 7 號 5 樓
電　　　話	02-8919-3369
傳　　　真	02-8914-5524
製 版 印 刷	龍虎電腦排版股份有限公司
出 版 日 期	2016 年 9 月
I S B N	978-986-93375-2-6
定　　　價	280 元